# 헤밍웨이 읽을 시간은 어디로 사라졌을까

박경철 장편소설

민음사

# 차례

해설/이광호
지도 위의 겨우 존재하는 이야기들 · 199

# 자전거 여행

　스프레이로 난 잎사귀에 물을 뿌리는 아버지를 바라보던 그가 웃었다.
　「너 내 말을 안 믿는 것 같구나」
　「아뇨. 하지만 아버지가 보름에 한 번만이라도 스프레이를 들고 거기 서 계셨더라면 난 잎사귀들이 그렇듯 뽀얗게 먼지를 뒤집어쓰지는 않았을 걸요」
　목욕탕에서 나와 팬티만 걸친 채 그는 찬 음료를 들고 거실 소파에 앉아 있었다. 오후로 접어들면서 날씨는 점점 더 무더워지고 있었다.
　「자전거는 어떠냐?」
　「탈 만해요. 튜브와 타이어를 모두 갈았어요. 뒷바퀴 브레이크와 짐받이도 새로 달았구요」
　목에 건 수건으로 이마를 훔치고 난 아버지가 대문 옆에 세워둔 자전거로 눈길을 주며 말했다.

「어젠 배낭을 꾸리더니 오늘은 자전거를 손보고」

「……여행 계획 세웠어요」

「자전거 여행?」

「예」

대학 생활의 두번째 여름 방학을 맞이한 그는 한 달 동안 자전거를 타고 온양 온천 역사 옆 온천 슈퍼마켓 앞을 출발해 남서쪽 지방으로 이르는 자그마한 마을들을 훑는 여행 계획을 세웠다.

짐은 어제 꾸려놓은 어깨에 멜 수 있는 배낭 하나가 전부였다. 그 속에는 2인용 텐트와 아버지가 쓰던 낡은 1인용 오리털 침낭, 가스 버너, 지름 14센티 크기의 코펠 세트, 수저, 다용도 칼, 자전거 수리에 필요한 작은 필통 크기의 공구집, 사포(砂布) 한 장, 접착제, 고무 튜브 20센티 가량, 집에서 쓰던 면도기, 칫솔과 치약, 수건 두 장, 이어폰으로 듣는 포켓용 라디오, 언제 읽게 될지는 모르지만 문고판이라는 책 크기 때문에 뽑아든 체홉의 단편집 『사랑스러운 여인』이 전부였다. 쌀을 비롯한 모든 식료품은 그때그때 필요한 만큼씩만 구입하기로 결정했다.

자전거는 고등학교 때 학교를 오가는 데 이용했던 경주용 자전거였다. 바퀴는 가늘었고 멋지게 굽어 뻗어나온 황소뿔을 뒤집어 달아놓은 듯한 손잡이에 짐받이는 없었다. 그는 그 자전거 핸들 위에 책가방을 올려놓고 한쪽 어깨를 기울여 재빨리 브레이크를 잡을 수 있도록 상체를 잔뜩 수그린 채 타고 다녔다. 아버지가 사고 위험을 들어 자전거점에 데려가 달아준 짐받이를 한 달도 못 가 떼어버린 그였다. 그 당시엔 경주용 자전거를 그런 식으로 타고 다니는 게 대유행이었다. 방과 후면 그는 집으로 돌아와 유니폼으로 갈아입고 글라디올러스 노변 화단을 지나 시외 멀리까지 나다녔다.

대입 후 이 년 가까이 창고 속에 처박아두었던 자전거여서 손볼 곳이 많았다. 그리스가 굳어 뻑뻑해진 휠과 체인은 빼내 휘발유로 세척했다. 살도 두 개나 갈았다. 뒷바퀴는 펑크가 나 있어서 드라이버로 타이어를 벗겨내고 튜브를 보았더니 삭은 정도가 심해 새것으로 갈았다. 부분부분 구멍이 나고 풀린 핸들을 감싼 녹색 테이프는 벗겨내고 약간 끈적이는 기운이 있어 손 마찰이 좋은 자주색 테이프를 감았다. 정비를 마쳤을 땐 손과 얼굴이 시커멓게 되어 있었다. 네 시간 반 만에 자전거는 반들반들한 예전의 윤기를 완전히 되찾았다.

「그런데 너 목욕 끝내고 세탁기 버튼 눌러봤니?」

「돌아가고 있어요」

「소리가 안 들리는걸?」

티에 두 팔을 꿰며 그가 말했다.

「물 공급중일걸요」

「어딜 여행해?」

더 이상 물이 뿌려지지 않자 아버지는 스프레이 통을 흔들어보고 계셨다.

「물 더 필요하시면 이리 주세요, 제가 받아드릴게요」
「아니 됐다. 다 끝났어」
「두 달 가까이 되는 방학인데 한 달쯤 자전거를 타고 아래 지방을 돌 생각이에요. 담배 가게 표지판을 찾아서요」
보름 동안은 아래로 아래로, 나머지 보름은 다시 거슬러 오는 여행이 될 것이었다. 이번 여행은 어린 시절 집으로 향하던 길에 이정표가 돼주었던, 도로변 가게 출입구에 먼지를 뒤집어쓴 담배 가게 표지판들을 찾아 여행 지도를 만드는 일이 될 것이었다.
아버지가 현관으로 들어서며 말했다.
「나도 시원한 물 한 잔 다고」
주방 냉장고 문을 열고 선 그가 거실 쪽을 향해 말했다.
「그런데 아버지 언제까지 혼자 사실 생각이죠?」
「내가? …… 너도 있는데?」
「그게 아니라 재혼 말이에요」
「……왜? 물컵 나르고 세탁기 버튼 누르는 게 귀찮아서?」
「전 이런 거 해본 적이 몇 번 되지도 않는 걸요. …… 요즘 들어 부쩍 집에 여자가 있어야 할 거라는 생각이 들어요. 아버지 화초 키우시는 것도 엉망이고, 아까 보니까 냉장고 밑바닥에 물이 흥건했어요. 조미료 통의 조미료는 딱딱하게 굳어버렸구요. 그리고……」
컵을 든 손으로 그의 말을 제지하며 아버지가 말했다.
「거기 담배에 불 좀 붙여주겠니」

　　1985년 12월 1일부로 의장 변경돼 발매되기 시작한 아리랑 담배였다. 80mm 20본 들이 경포장으로 가격은 500원이었는데 1979년 7월 31일부로 파고다가 단종되자 그는 어쩔 수 없이 가격에 맞게 바뀐 아버지의 기호에 따라 다시 아리랑을 사날랐다.

　　그가 담뱃갑을 들고 머뭇거리자 아버지가 다시 말했다.

　　「네가 담배를 피우는지 알고 싶어서야. 널 혼란스럽게 만들 생각은 없었다」

　　담배에 불을 붙여 돌아서며 그가 말했다.

　　「……새로 학기가 시작되면 전 또 떠나 있어야 하잖아요. 아버진 여길 떠나지 않으실 거구요. 그러면 제가 기침 한번 안 하고 담배 연기를 코로도 내보낼 수 있다는 사실을 아실 수 없을 텐데요」

　　그는 반 잔 가량 비운 컵을 받아들고 담배를 건넸다.

　　「하긴 그런 거 전화로 물어보면 안 피운다고 그럴 거라고 내 친구가 그러더구나. 헌데 담배 가게 표지판을 찾아서라는 건 또 뭐냐?」

　　열두 살 때 그는 처음으로 코미디언이 되고 싶었고, 코미디언에 별 재능이 없다는 걸 알게 된 후로는 발명가가 되고 싶었다. 열일곱 살 땐 어린 시절 치통 기억을 더듬어 치과 의사가 되고 싶다는 생각을 했다. 그 해 여름은 수상한 날씨가 계속됐고, 열일곱번째 태풍이 지나가자 그는 영화 배우의 길을 걸어야 한다고 결론내렸다. 열여덟 살 땐 설치 미술가를 꿈꾸기 시작한 지 일주일 만에 다시 소설을 쓰는 사람이 되고 싶었다. 열아홉 살 때까지도 그는 여전히 되고 싶은 많은 일들을 떠올렸고, 또한 그게 쉽게 이뤄지지 않으리란 것도 알고 있었다. 그러나 스물한 살이 된 지금 그는 더 이상 무엇이 되고 싶다는 생각 따윈 하지 않았다. 그가 발명해 내고 싶었던 식기 세척기는 이미 나왔고, 그가 살고자 했던 삶 또한 「닥터 지바고」의 오마 샤리프가 이미 살아버려서, 어떤 땐 「양철북」의 오스칼처럼 지하실로 굴러떨어져 스스로 성장을 멈출 수 있는 이상한 능력이 생겼으면 싶어 지하실을 살펴보곤 했다. 그러나 그는 이미 너무 커버렸고, 바람난 어머니 또한 없었다. 톨스토이의 『인생 독본』을 처음 펼쳐들었을 때의 놀라움과 두려움을 그는 잊을 수가 없었다. 그는 자신이 끝내 다 읽지 못할 책이 있다면 바로 그 책일 거라고 생각했다. 어떤 땐 한 줄, 혹은 한 단어만에 읽기를 멈추고 두 가지 이유로 책을 덮어야 했다. 톨스토이의 펜촉에 의해 한번도 꿈꾸어보지 못한 형상들이 드러나는 신비를 두고두고 맛보기 위해 다음 장을 들추기에 앞서 끊임없이 머뭇거려야 했다. 그것들은 내일을 위해 남아 있어야만 했다.

「내 진짜 아버진 톨스토이야」

언젠가 그는 헤밍웨이와 결혼을 꿈꾸던 여자애를 떠올리며 그렇게 친구에게 말한 적이 있었다. 두번째는 그가 쓰고 싶어했고, 쓰고자 했지만 쓸 수 없었던, 끝내 무엇을 쓰고자 했는지 헤아리지 못할 것들까지 모두 가늠할 수 없는 깊이로 자리해 있다는 절망감이었다. 꿈이란 파고들수록 멀리멀리 달아나는 도깨비불 같은 것이었다. 그리하여 자신이 무엇이 되고 싶다고 생각했을 때 그것은 이미 따분한 그 무엇들이 아니면 막막한 그 무엇들로 변해 있었다. 친구들은 신비한 엉덩이와 매혹적인 눈을 지닌 여자애들을 찾아 늦도록 시내를 비틀거리며 쏘다녔지만 그는 그것을 아주 바보 같은 일처럼 여겼다. 어머니가 사고로 죽은 열한 살 이후로 그에게는 세상에서 천한 것보다 더 많은 게 시시한 일들이었다.

「어린 시절 집과 학교를 오가는 길에 이정표가 돼주었던 담배 가게 표지판들을 어떤 식으로든 정리할 때가 온 거라는 생각이 들었어요」

아버지 앞으로 재떨이를 디밀며 그가 말했다.

「……그런 것도 정리가 필요한 거니?」

「……모르겠어요」

한낮의 더위는 이제 참기 힘들 만큼 기승을 부리고 있었다.

# 온양 온천역

　따뜻한 지명의 도시 온양 온천의 오후는 서울발 장항행 열차에서 내려선 승객들이 역사(驛舍)를 나서는 모습으로부터 시작되고 있었다. 버스나 택시로 갈아타기 위해 좀더 걸음을 재촉해야 하는 노인들이나 아이들을 데리고 나선 여자들, 여행길에 오른 젊은 남녀들이 숨 모양의 역사를 뒤로 하고 잠시 카메라 앞에 포즈를 취한 것처럼 멈춰서서 주위를 두리번거리는 모습으로 역 광장 주위의 상점 사람들은 12시 10분에 시각을 맞출 수도 있었다. 그러나 대학들이 방학에 접어든 요즈음은 오후 수업에 맞춰 도착하는 인근 대학에 다니는 학생들의 모습은 거의 찾아볼 수가 없었다. 역사 오른편으로 기와를 올린 충무공 기념각이 있는데, 나무를 창처럼 깎아 세운 기념각 내부의 거북 석상이 역사 왼편에 있는 온천 슈퍼마켓 담배 가게 표지판을 향하고 있었다. 거북석상 등에는 단기 4284년 8

월 이래로 4면이 빽빽한 글씨로 음각된 〈이충무공순신기념비〉가 서 있었다. 그것은 대한민국 초대 부통령이었던 이시영 근서(謹書)로 매년 4월 28일을 전후해 기념각의 철제 울타리에는 온양 미협 회원들의 작품들이 내걸렸다. 따스한 봄볕 아래 전시물을 둘러보는 연인들의 모습을, 멜방 가방을 둘러멘 소녀와, 롤러 스케이트를 타는 아이들을 거북석상은 묵묵히 지켜볼 뿐이었다. 그리고 그때쯤이면 기념각 옆의 느티나무 새순도 2센티쯤은 자라나 있었고, 그만큼쯤은 뒤숭숭한 마음 자리로 돌아다니는 사람들을 불현듯 시내 골목에서 마주치기 십상이었다. 모두가 성냥갑처럼 반듯반듯한 건물로 둘러싸인 역사 주변에 기와집 처마의 선과 단청 무늬를 볼 수 있는 것은 그 기념각뿐이었다. 그러나 그조차도 관심이나 주위를 기울여 둘러보지 않으면 눈에 띄지 않을 만큼 초라한 형색이어서 이따금씩 피부색이 다른 외국인들의 발길을 끌 뿐이었다. 그러다 정치 시즌이 돌아오면 많은 정치 지망생들은 앞다퉈 기념각 앞에 마련된 단상에 올라 이충무공 기념비의 후광을 등에 업고 연설을 했다.

「필생즉사, 필사즉생이라고 말씀하신 이충무공의 얼을 본받아 이 한 몸 초개와 같이 내던질 각오로 여러분을 위해 일하겠습니다. 저를 국회로 보내주십시오!」

그러면 사람들은 두루마리 화장지를 연 꼬리처럼 날려 환호를 보내거나 비난의 팔매질을 해댈 때도 있었다. 거기서는 끊어지기 쉬운 두루마리 화장지조차 이충무공의 후광을 등에

업은 듯 그 쓰임새를 달리했다.

역 광장 좌우 양쪽으로 느티나무 아래 마련된 벤치에는 더위에 지친 허름한 차림의 노인들이 나무 그늘을 차지하고 있었다. 의자를 독차지하고 누워 부채질을 하는 노인도 있었고, 필터까지 타 들어간 담배를 들고 멍하니 앉아 탁한 호흡을 내뱉는 노인도 있었다. 아직 더위를 모르는 몇몇 아이들만이 아스팔트 역 광장의 가물거리는 열기 사이로 거칠게 자전거를 몰고 돌아다녔다. 이따금씩 허벅지까지 드러난 스커트를 입은 커피 배달 아가씨들이 아이들을 피해 위태롭게 오토바이를 몰고 역 광장을 가로질렀다. 역 광장으로 흩어진 벤치에서는 젊은이들의 모습은 찾아볼 수가 없었는데, 그도 그럴 것이 얼굴에서 소년, 소녀티를 벗기가 무섭게 시원한 에어컨 바람을 찾아 들어갔기 때문이었다.

온양 온천 슈퍼마켓이 들어선 건물 이층의 커피숍 〈마낭〉에서 내려다보이는 역 광장의 12시 10분은 늘 그랬다. 한참 파리만 날릴 시간이 되어서도 커피숍 안은 일정한 손님들이 들어차 있었다. 봉급 생활자들이라면 한참 바쁠 주중에도 에어컨 바람 아래 셔츠 단추를 풀어헤친 채 다방 아가씨들과 잡담을 나누며 킥킥거리는 젊은이들을 보는 것은 흔한 풍경이었다. 장년이나 노인층은 또 그들대로 아가씨들의 엉덩이 사이의 골을 지분거릴 나름의 공간을 갖고 있었다. 두세 잔의 커피 값만 준비한다면……, 여유가 더 있다면 티켓을 끊어 사람들의 발길이 뜸한 교외로 팔짱을 낀 채 따라붙는 여자애와 식도락을 즐기러 갈 수도 있었다.

1990년 5월 1일 88디럭스 마일드가 발매되기 시작한 지 녁 달이 조금 넘은 8월 6일 오전 9시에 그는 온천 슈퍼마켓 상호 밑에 내걸린 담배 가게 표지판 아래 서 있었다. 그 담배 가게 표지판은 슈퍼마켓 간판 크기의 5분의 1쯤 되는 크기로 슈퍼마켓 간판과 위아래로 나란히 사이좋게 걸려 있었다.

그는 다시 한번 배낭을 살펴보고는 자전거에 올랐다. 9시 정각이었다.

# 관제 엽서

「어제 저녁 식사는 어땠니? 또 죄를 저질렀어?」
「그만해 둬. 나 지금 농담할 기분 아니야」
「그건 너네 아버지도 마찬가지시겠지. 자식이 인스턴트 인생을 산다고 생각해 봐」
대학 생활이 시작된 후 며칠 지나지도 않아 아버지로부터 날아들기 시작한 관제 엽서가 말썽이었다.

〈끼니 때마다 라면 국물에 찬밥덩이를 말아먹는 건 아닌지 모르겠구나. 그런 짓은 인생을 허투루 하는 죄란다.〉

도대체 그게 어째서 다른 죄목도 아닌, 인생을 허투루 하는 죄가 되는 건지 그는 이해할 수가 없었다.
아버지는 항상 우표를 붙이는 번거로움이 없는 관제 엽서를 사용했는데 엽서는 언제나 그의 학교 학과 사무실로 날아들었다. 뒤집힌 양말을 신지 않으려면 세탁 전에 반드시 안팎을 살펴보라는 충고에서부터 말라죽었거나 새로 들여온 화초들 목록도 들어 있었고, 바꾼 가전 제품의 새로운 기능과 사용법, 신다 보면 가죽은 늘어난다는 구둣방 주인의 말을 믿고 품이 작은 구두를 사 신는 어리석음을 범하지 말 것과, 하다 못해 집안 벽에 못 하나를 옮겨박은 것까지 적어보냈다. 감기에 걸리지 말라고 보내준 생강차는 꼭꼭 마시고 있는지, 손발톱 깎는 일에 게으름을 떠는 건 아닌지 싶은 우려도 있었고, 어떤 땐 헛된 욕망이 헛된 잠꼬대를 부르게 되는 법이라며 잠꼬대일지라도 함께 지내는 친구에게 피해를 주어서는 안 된다는 당부를 적어보내기도 했다. 그는 그런 내용들을 학과 사무실에 이런저런 일로 들르는 모든 친구들과 개중에는 교수님들까지 읽어본다는 것을 뒤늦게야 알게 되었다.

「너희 아버지 표백제 고르는 솜씨는 알아줘야 한다고 이정헌 교수님이 그러시더라」

과 여학생이 건네준 엽서에는 새로 나온 표백제를 사용하기 시작하면서부터 와이셔츠 세탁이 수월해졌다는 말이 들어 있었다. 아버지의 엽서로 과 친구들은 그의 집안 사정을 그만큼은 꿰뚫고 있었다.

그는 불쑥불쑥 내뱉는 친구들의 언사가 아버지가 보내오는 관제 엽서 내용임을 견디다 못해 전화를 걸었다.

「엽서를 이용하지 마시구요, 아버지. 하실 말씀이 있으면 미리 메모해 두었다가 제가 전화 드릴 때 하시면 되잖아요」

「메모를 해두면 아마 메모지를 찾지 못할 거다. 네가 시간을 정해 놓고 전화하는 것도 아니잖니?」

「매주 토요일 오후에 드린다고 했잖아요」

「너 이번만 해도 보름 만이다」

「……벌써 그렇게 됐어요?」

「지난번 통화 땐 네 용돈 얘기가 전부였어」

「그렇지만 아버지……, 정 그러시면 제발 편지를 이용하세요」

「그건 또 왜?」

「우리집 숟가락 갯수를 교수님들도 알고 계시단 말이에요」

「숟가락 갯수를?」

「……이를테면 그렇다는 말이에요」

「그래……? 그게 창피한 거냐?」

「창피한 건 아니지만 그럴 필요가 뭐가 있어요」

「……그래, 알았다」

약간 기분이 상하신 것 같았지만 도리가 없었다.

후로 그가 주말이면 꼬박꼬박 전화를 드린 때문인지 보름이 지나도록 관제 엽서는 날아들지 않았다. 삼 주가 지나자 그는 관제 엽서에 대한 일은 까맣게 잊은 채 리포트 과제물에 매달려 있었다. 그런데 참고 문헌에 문제가 생겨 그는 친구에게 전화를 걸었다.

「난데, 참고 문헌 말이야. 도서관을 뒤져도 없던데?」

「그렇겠지. 나한테 있으니까. 하지만 우리가 그런 중요한 이야기를 왜 전화로 해야 하지?」

그는 깜짝 놀랐다. 정말이지 그런 언사는 녀석의 머리에서는 나올 수 없는, 나와서도 안 될 말이었기 때문이었다. 이어서 친구가 키득거렸고, 집히는 게 있어 그는 즉시 전화를 끊고 학과 사무실로 달려갔다. 짐작대로 관제 엽서가 그를 기다리고 있었다. 거기엔 이렇게 씌어 있었다.

〈……수화기를 내려놓고서야 깜짝 놀랐지 뭐냐……. 난 우리가 왜 그런 중요한 일을 전화로 이야기해야 하는지 그 까닭을 모르겠더구나.〉

# 도화 서점

「담배 있습니까?」

30대 후반쯤 돼보이는 여자가 무릎 위에 펼쳐놓은 고서적처럼 보이는 낡은 책에서 눈길을 거두어들이며 말했다.

「담밴 옆집인데요」

「저 담배 가게 표지판이 옆집 거였군요」

책을 접어들고 여자가 약간은 나른한 표정으로 자리에서 일어서며 말했다.

「책하고 담배하고 같이 판매한다는 게 어울린다고 생각하세요?」

「글쎄요……? 하지만……」

「하지만?」

「하지만 약국에서도 담배를 파는데요. 어렸을 적에 전 담배는 약국에서 사야 한다고 믿었습니다. 약국에서 파는 담배라면 적어도 흡연 경고 문구처럼 끔찍한 것은 아닐 거라는 생각이 들었거든요. 지금은 설탕물이나 다름없다는 드링크제를 사는 것보다는 덜 멍청한 짓일 거라는 생각으로 담배를 삽니다」

「하긴 그도 그렇군요. 표지판을 좀더 옆쪽으로 고쳐달라고 해야겠어요. 사람들이 자꾸 여기로 담배를 사러오거든요」

진열대 한쪽 구석으로 의자를 밀어넣으며 여자가 돌아섰다.

「지도는 있습니까?」

여자가 조금 귀찮다는 투로 돌아서며 말했다.

「지도라구요? 담배 사러온 게 아니었나요?」

「두 가지 답니다」

「저쪽을 한번 살펴보세요」

그는 여자가 손짓해 보이는 진열대 앞으로 다가섰다. 이십여 권쯤 되는 지도책들이 꽂혀 있었다. 대개는 바캉스란 글자가 앞에 붙은 피서철의 자가용 운전자들을 위한 도로 교통 지도책이었다.

「이런 도로 교통 지도책 말고 낱장으로 된 시나 군 단위 지도는 없습니까?」

「그런 건 저쪽」

여자는 팔짱을 풀어 슈퍼마켓에서 사용하는 쇼핑용 수레처럼 생긴 바구니를 가리켰다.

「손님이 없군요」

지도를 살펴보며 그가 말했다. 그가 찾는 지도는 대략 만 오천이나 이만 분의 일 축척도로 이곳 지역의 비포장 국도보다 규모가 작은 길들까지 상세하게 나와 있었으면 싶었다.

「독서를 하며 피서를 한다는 건 옛날 얘기예요. 책방 주인인 내가 이런 더위에 책을 읽는 사람들은 누굴까 의심스러울 때가 있고 보면 지구가 지금보다 훨씬 덜 더웠을 때 얘기겠죠. 비디오를 봐도 짜증이 날 판에 활자를 권한다고 생각해 봐요」

여자는 계산대에 엉덩이를 기댄 채 야릇하게 나른한 표정을 지었다. 상아색 뿔 모양의 귀걸이가 그녀가 몸을 앞뒤로 흔드는 데에 따라 조금씩 흔들렸다.

「그래도 아주머닌 책을 읽고 계셨잖아요」

「이거요?」

그녀는 소리나게 책을 계산대에 내려놓으며 피식 웃어보였다. 그것은 무협지였다. 그는 좀 멋쩍은 듯이 웃어보였다.

「여기에 좋은 책들이 많다는 건 나도 알아요. 많다는 게 문제죠. 어디에 무슨 책이 꽂혀 있는지 알아야 하고, 요즘 잘 나가는 책은 어디다 진열시켜야 할지, 새로 주문할 책과 반품 나갈 책들, 먼지 털기도 바쁘고, 한 달에 한 번 정도는 책들의 위치도 바꿔줘야 하고, 그런 게 일이죠. 여긴 일거리뿐이에요. 이것들은 책이 아니라 일거리라구요. 물론 어쩌다 여유가 생기면 나도 독서를 하죠. 바로 이거예요. 한번 보세요, 재밌어요. 이 안에선 만년빙 속에 갇힐 수도 있어요. 주인공은 무공을 쌓기 위해, 난 더위를 잊기 위해 만년빙을 찾죠」

상체를 으쓱해 보이는 여자의 젖가슴이 가볍게 흔들렸다.

몹시 더울 거라는 생각이 들었다.

「그런데 이 근처로 피서를 온 모양이죠?」

「아닙니다. 자전거 여행중인데 이곳에서 길을 잃지 않고 무사히 빠져나가기 위해 지도를 사는 겁니다」

「……그도 그렇군요」

그가 지도를 계산대 앞으로 내밀며 말했다.

「얼맙니까」

「천오백 원 내세요. 그런데 자전거 여행이라고 했나요?」

「예」

「이런 더위엔 자가용 여행도 쉽지 않을 텐데 자전거 여행이라니 그 젊음이 부럽군요」

「오늘이 첫째 날인데 무사히 끝낼 수 있을지 모르겠어요. 안녕히 계세요」

손잡이를 밀고 밖으로 나서려던 그가 잠시 멈춰서서 말했다.

「……서점 문을 닫아보시죠. 그럼 뭔가 달라질지도 모른다는 생각이 드는데」

그가 처음 서점 문을 밀고 들어섰을 때처럼 무릎 위에 책을 펼쳐놓고 앉아 있던 여자가 고개를 끄덕이며 말했다.

「고맙군요. 잘 가요」

# 헤밍웨이 읽을 시간은 어디로 사라졌을까?

　그가 매번 제목을 기억해 낼 수 없는 한 권의 책을 떠올리는 것은 지난해 가을에 구입한 헤밍웨이 단편집『살인자들』에 대한 생각이 미칠 때였다. 그 책에 실린 어떤 단편들은 네 번이나 다섯 번 읽게 되는 것들도 있었다. 그러나 그는『살인자들』이란 단편집은 사다 놓기만 했을 뿐 그 후로 지금껏 한 번도 들여다본 적이 없었다. 다만 그 책을 읽어야지 하는 생각이 들 때마다 제목을 기억해 낼 수 없는 한 권의 책이 떠올랐고, 그러면 그는 책장을 덮었다.

　그가 대학에 입학한 지난 겨울 방학 때의 일이었다. 중학교 때 그와 같은 반이었던 여자애로부터 똑같이 대학에 입학한 지 11개월이 지난 1989년 2월 어느 날 저녁 전화가 왔다. 그녀는 자신의 이름을 말했고 그는 그 이름을 기억하고 있었다.

  그들은 커다란 한 장의 백일 기념 사진이 기억에 남게 될 사진관이 마주보이는 커피 전문점에서 만났다. 그리고 예의 담배 가게 표지판은 그 사진관 바로 옆 슈퍼마켓 기둥 모서리에 달려 있었다. 그렇듯 마주앉기는 만 사 년 만의 일이었다. 기억 속의 그녀는 아랫입술과 턱 사이에 잡히는 주름에 새겨지는 모호한 표정을 간직하고 있었다. 그러나 그날 그는 그녀의 표정 속에 자라난 고통을 금방 알아차릴 수 있었다. 내면으로부터 시작된 어떤 종류의 고통이 그녀를 마모시키고 있었다. 이를테면 자신의 처지가 너무나 불행하다는 생각을 키워왔다거나 삶이 삶 같지 않아서 살 만한 가치가 없다는 식의 관념상의 불행 같은 것일 수도 있었다. 그녀의 여리고 맥없어 보이는 목은 힘겹게 그 고통을 받쳐주는 지렛대처럼 보였다. 그녀는 자신의 전화가 그를 당혹스럽게 만든 것은 아닌지를 물었고, 그는 아니, 라고, 사실이 그런데 조금 놀라서 대답했다.

「그 동안 어땠어?」

「그저 그랬어. 너는?」

「나도……」

  그녀의 시선이 닿는 자리마다 무거운 침묵이 흘렀다. 그녀도 그걸 느꼈는지 힘겹게 입을 열었다.

「만나자고 하는 게 아닌데 그랬어. 이런 자린 너무 힘들어. …… 미안해, 이렇게 서먹서먹한 자리가 되리라고는 생각지 못했어. 난 그저…… 뭐랄까…… 장난처럼……」

그러더니 그녀는 고개를 내저었다. 그는 실내 온기로 뿌옇게 흐려진 창 쪽으로 고개를 돌렸다. 글라주노프의 「사계」가 시작되고 있었다. 담배 가게 표지판이 바람에 우는 소리가 들리는 듯했다.

그는 커피 잔을 들여다보며 지난날 교정에서 있었던, 자신과 관련된 비행을 낱낱이 알고 있는 듯한 그녀의 눈길을 피해 다녔던 기억을 떠올렸고, 그때의 이야기를 끄집어냈다.

교실 한 칸에 마련된 학교 도서관에서 있었던 일이었다. 그녀의 머리칼과 어깨로 비춰들던 눈부신 햇살에 대한 기억으로 미루어 토요일 오후였던 것 같았다. 거기서는 마루 바닥에서 나는 기름 냄새가 아닌, 해묵은 공기에 섞인 오래된 먼지 냄새가 났다. 그것은 굼벵이처럼 흐느적거리는 시간에 젖어 누렇게 변색되어 가는 지면으로부터 문자들이 흩뜨러지는 내음이었다. 그녀는 어떤 책인가를 뒤적이고 있었다. 그는 조심스럽게 다가가 무슨 책이야? 라고 물었다. 그러자 여자애는 조금 놀란 듯한 눈길로 ㄹ이나 ㅋ음이 선명하게 인상에 남는 어떤 단어를 말하고는 재빨리 책을 가방 속에 집어넣었다. 그러고는 도둑 고양이를 노려보는 듯한 눈길로 빤히 그를 바라보며 말했다.

「난 헤밍웨이가 좋아. 언젠가는 그와 결혼할거야」

「무, 무슨 말을 하는 거야……?」

여자애가 그의 눈길 가까이 입술 가장자리를 일그러뜨린

얼굴을 들이밀고 말했다.

「왜 내가 못할 것 같아서 그래?」

「헤밍웨인 죽었어!」

「머저리 같은 녀석!」

여자애의 머리칼을 감싼 빛살에 실린 눈부신 비애가 그의 망막을 꿰뚫고 지나갔다. 가슴이 미친 듯이 뛰었다.

「나, 난 머저리가…… 아니야」

입가에 잔잔한 미소를 떠올리던 여자애가 또박또박 말했다.

「널 놀려주려고 그래 본 거야」

그는 교실을 떠도는 곰팡내를 느꼈고, 무슨 말이든 하지 않고는 견딜 수가 없었다.

「……그거 헤밍웨이 거야?」

「아니. 이곳에 있는 헤밍웨이 건 다 봤어, 전부 다. 내가 모조리 보아버렸기 때문에 이제 이곳에 헤밍웨인 하나도 안 남았어」

「……모조리 보아버려서…… 헤, 헤밍웨이가 하나도 안 남았어?」

「그래…… 하지만 매달 첫번째 주말은 헤밍웨이를 읽는 시간이야. 다시 읽는 거야. 난 죽을 때까지 그렇게 해볼 생각이야. 알아?」

「죽을 때까지……?」

「그래, 죽을 때까지……」

그날 그는 도망치듯 언제나처럼 카드에 자신의 이름을 적어 제출하고 『백범 일지』를 대출받았다. 그는 그 책을 서문과 앞뒤 부분만을 떠들어 몇몇 부분을 노트에 기록하고 반납했는데 그것은 그가 그때껏 국어 선생님으로부터 책을 열심히 읽는 학생이라는 칭찬을 받아 온 비밀이었다. 그런데 그의 손에 들린 『백범 일지』를 바라보는 여자애의 표정 속엔 자신은 벌써 그 책을 읽었다는 듯이, 혹은 그가 그 책을 간신히 몇몇 쪽만을 들춰보고 반납하게 되리라는 걸 이미 알고 있다는 듯한 거만한 미소가 떠올라 있었다. 그는 얼굴을 붉히며 그 자리를 빠져나왔다. 후로 그는 여자애가 책을 반납하게 되면 보아야지 싶어 매일 도서관에 들렀지만 그 책은 물론 여자애의 이름이 적힌 카드는 한 장도 찾아볼 수가 없었다. 그리고 오랜 시간이 지나서야 그가 어렴풋한 기억을 더듬어 백과 사전을 떠들어 본 항목은 이런 것들이었다.

오벨리스크
아라베스크
그로테스크
오달리스크
피카레스크

그날 커피 전문점에서 그는 그녀에게 그때의 이야기를 털어놓았다.

「난 네가 내 비행을 낱낱이 알고 있을 거라고 생각했어. 모두 다 말이야」

그녀가 당황스러운 어깻짓을 해보였다.

「그때 네가 대출받은 책이 무엇이었는지 기억해?」

「글쎄……, 모르겠어. …… 그것 말고도…… 다른 책들도 많이 훔쳤으니까……」

희미하게 열린 그녀의 입술이 한동안 혀끝에서만 맴도는 단어들을 뱉어내지 못해 달싹거리기만 했다.

한참 만에야 그가 화제를 돌렸다.

「내 얘기만 했구나」

그러나 대화는 이미 끝나 있었다. 그녀는 자리를 일어서며 말했다.

「아니야. 사실은 나도 그 얘기를 하고 싶었어. 헤밍웨이 말이야. …… 난 이제 더 이상 매달 첫번째 주말에도 헤밍웨이를 읽지 않아. 헤밍웨인 변함 없이 헤밍웨인데 내가 달라졌어. 정말이지 그건 내게 끔찍한 일이야. …… 미안해, 앞으로 다시는 전화하지 않을게」

후로 불현듯 학교 도서관 서가를 서성이고 있는 자신을 일깨울 때마다 그는 헤밍웨이와 결혼을 꿈꾸던, 이제 더 이상 매달 첫번째 주말에도 헤밍웨이를 읽지 않는 여자애가 말했던 이름을 알 수 없는 한 권의 책을 떠올리곤 했다.

# 막간

　지금 이 순간, 햇빛이 나고 비가 뿌리는 그런 시각이라면 당신은 샛별 비디오점 근처 어딘가에 서 있어야 한다. 물론 당신은 근처에 샛별 비디오점이 있다는 것을 눈치채지 못했을 수도 있다. 그건 내가 상관할 바 아니다. 하지만 당신 눈앞에 샛별 비디오점이 보인다면 잠시 멈춰 담배를 피워물어야 한다. 그곳은 비디오점 옆 한일 슈퍼마켓 차양막 밑의 담배 가게 표지판 아래일 수도 있고, 작은 교차로 맞은편 공터를 차지한 포장 마차 안일 수도 있다. 그곳에서 막 튀김을 건져내는 포장 마차 주인 여자의 달큰한 눈매 앞이거나, 주인 여자 옆에서 쟁반에 삶은 옥수수를 진열시키는 열세 살 소녀의 안경 너머일 수도 있다. 〈얼음 구하실 분, 옆집 일성 세탁소로 연락 바람〉이라고 씌어진 합판이 나붙은 포장 마차 옆 컨테이너 박스 앞일 수도 있다. 아니면 포장 마차와 마주한 연립 주택 입구이거나, 마을 버스 승강장이 있는 교차로 마지막 한 모퉁이일 수도 있다. 거기 어느 곳에선가 고개를 들어 우산을 쓰지 않아도 좋을 만큼 흩날리는 빗줄기를 바라보는 사람이 바로 당신이다. 당신 얼굴은 약간 일그러져 있는데, 새로 들어서는 오 층짜리 건물의 비계가 어지른 하늘 때문이 아니라 태양을 마주볼 수 없는 곤혹스러움 때문이다. 그러나 상기해야 할 것은 그가 바로 당신이라는 점이 아니라, 그가 누구든 담배를 빼무는 일을 잊어서는 안 된다는 점이다. 왜냐하면 그 때 그 자리가 바로 당신 생의 막간이기 때문이다.

# 7주 의지 금연법

그가 7주 의지 금연법에 거의 성공을 거둔 단계에 접어든 한 남자를 만난 것은 한적한 시골 냇가에서였다. 아내와 함께 국민학생 남매를 데리고 여름 피서에 나선 40대 초반의 남자였는데 그들이 찾아갔던 계곡은 온통 사람들로 들끓어 발 디딜 틈도 없었다. 게다가 야바위꾼들과 자릿세를 흥정하느라 잔뜩 화가 치민 남자는 그 피서 아닌 피서를 포기한 채 가족들의 애원도 뿌리치고 집으로 돌아가던 도중 땀으로 젖어 거의 울음을 터트릴 지경이 되어버린 남매를 간신히 달래 제법 널찍한 하천을 따라 이어진 이곳 둑에 도착한 것이었다.

「계곡만 좋은 게 아니란다. 여기서라면 너희들이 원하는 곳 어디서나 물에 발을 담그거나 수영도 할 수가 있어. 햇빛이 좀 따갑기는 하지만 군데군데 미루나무 그늘도 있고 텐트도 가져왔잖니」

「여긴 사람들이 아무도 없잖아요. 이런 돌멩이투성이의 벌판에서 피서라니 말도 안 돼요, 아빠!」

「우린 더위를 피해서 여기까지 온 거지 사람들을 보러온 게 아니야. 그리고 처음부터 평평한 땅은 없었단다. 까짓 거 돌은 치우면 되는 거지. 너희들 눈엔 저게 벌판으로 보이냐?」

「어휴, 아빠――아! 그럼 제 수영복은 어떡하고요」

남자는 울상이 되어 토라진 딸아이를 바라보며 말했다.

「여기서 입어. 그리고 저 물로 뛰어들면 되잖아?」

「그게 아니라 수정인 이번에 사람들 앞에서 제 수영복 입은 모습을 자랑하고 싶었던 거라구요」

아내의 설명에 남자는 어이가 없다는 투로 말했다.

「너 같은 꼬마를 누가 봐주겠니?」

「아빠 말씀이 옳아요, 앤 거기에 바람이 잔뜩 들었다구요」

소년의 말에 여자가 호되게 나무랐다.

「너 그게 무슨 말버르장머리니!」

「얘기 끝났다, 네 엄마한테나 가봐」

「엄마요? 그럼 엄마도 여기가 안 좋다고 말씀하시면 다시 돌아가는 거예요?」

「돌아가? 그 도적놈들한테 말이냐?」

그러나 아이들의 실망은 줄어들지 않았고, 바로 그때 그들은 그가 쳐놓은 텐트를 발견한 것이었다.

「봐라! 저 텐트 속에 있는 사람들이 네 수영복 입은 모습을 봐줄 거다」

「아빠! 정말 창피하게 그러실 거예요?」

「알았다. 알았으니까 우리도 여기다 텐트를 치는 거야」

슈퍼마켓에 들러 주위를 둘러보며 지나던 길에 그는 점심 식사를 준비하기에 괜찮은 장소다 싶어 들어섰는데 막상 도착해서 보니 엉망이었다. 미루나무 그늘이 있긴 했지만 모두가 억새로 둘러싸여 있어 텐트를 쳐야 하는 번거로움이 있었고, 물가까지는 무릎께까지 자란 돼지풀을 헤치고 나아가야만 했다. 다행히도 물은 깨끗했기 때문에 한 끼 식사는 오랜만에 얼큰한 김치 찌개까지 곁들여 제대로 먹겠구나 싶었다. 나와 돌아다니기 시작한 지 사흘도 안 돼 통조림이나 진공 비닐 포장지에 담긴 식품들로 한 끼를 때우는 게 고통스러운 일로 바뀌어 있었다. 그리고 한 주일 만에 인스턴트 식품들은 보기만 해도 신물이 났다. 신 김치에 밥 한 공기만 먹고 나면 세상이 달라 보일 것 같았다.

텐트를 치고 나자 그는 코펠을 들고 둑에서 물가가 제일 가까운 지점에서 기다란 막대기로 돼지풀을 헤치며 나아갔다. 뱀이라도 나올까봐 기분이 좋지 않았지만 어디까지나 침범하는 쪽은 그였으므로 조심스럽게 나아갔다.

코펠을 내려놓은 그는 입은 옷가지 그대로 물로 뛰어들었다. 제일 깊은 곳이 허벅지를 묻을 정도여서 수영이라고 할 만한 것은 못 되었다. 십여 분 동안을 물 속에서 머리만 내민 채 하늘을 올려다보았다. 여름은 하천 둑으로 늘어선 미루나무에 앉은 매미들의 울음소리로 가득 들어차 있었다.

물가로 나와 코펠에 담긴 쌀을 씻어들고 텐트로 돌아가던 도중 웅성거리는 사람들의 말소리가 들려왔다.

「어떻소? 물은 시원합니까?」

40대 남자가 둑에 서서 물방울이 뚝뚝 떨어지는 그의 모습을 바라보며 말을 건넸다.

「예, 물은 좋습니다. 풀숲이 우거져서요, 뱀이 나오지만 않는다면 쉴 만할 겁니다」

막대기로 풀숲을 헤치며 그가 말했다.

「뱀이요……? 아빠. 뱀이라고 하잖아요!」

여자아이의 말에 남자가 얼굴을 잔뜩 찌푸린 채 말했다.

「뱀은 어디나 있어. 게다가 뱀이 나온다는 말이 아니라 뱀이 나올지도 모른다는 말이잖니」

그들 가족은 그의 텐트 옆에 가져온 짐 보따리를 풀었다. 버너에 코펠을 올려놓고 그는 남자가 텐트 치는 것을 거들었다. 남자는 폴대를 연결하며 말했다.

「점심 준비하는 거요?」

「예」

「그러지 말고 웬만하면 같이 해먹읍시다. 아이들이 우리 가족만 달랑 이런 곳에 와 있는 건 피서로 생각질 않아서요. 마침 댁이 이곳에 있었기에 망정이지 그렇지 않았더라면 아이들 불만이 하늘을 찔렀을 겁니다」

「전 아무래도 상관없습니다만……」

그러자 남자는 짐 꾸러미를 풀고 있는 아내를 향해 소리쳤다.

「여보! 점심 준비해. 이 친구도 함께 먹게 말이야」

야들야들해진 하얀 배추 속살에 곱게 먹은 붉은 양념 맛이 알맞게 든 배추 김치는 세척제로 위 속을 청소하듯 시원했다. 육식을 즐기지 못하는 그로서는 양념에 잰 불고기가 불판에서 익어가는 모양이 신경을 거슬리게는 했지만 다들 괜찮은 표정들을 지닌 가족이었다. 여자는 그가 고기에는 젓가락을 대지 않자 이것 저것 다른 반찬들을 그 앞으로 밀어주었다.

「아저씨 여행중이에요?」

「그래」

「얼굴이 까맣게 그을렸어요」

「팔다리도 그래」

「어디까지 가실 건데요?」

여자아이의 말에 그는 고개를 저었다.

「그런 건 없어」

남자는 반주로 소주까지 내놨지만 이 더위에 술까지 마시고 페달을 밟는다면 심장이 견뎌낼 것 같지 않아 거절했다.

「목적지가 없다구요? 그런데 어떻게 가요?」

「담배 가게 표지판을 찾아서」

아이는 그가 장난을 치는 거라고 생각한 모양이었다.

「설마 첩보 영화에서처럼 담배 가게 표지판에 아저씨가 어디로 가라, 그런 게 써 있는 건 아니죠?」

「물론 아니야. 대신 난 그것들의 위치와 특징 같은 것들을 지도에 기입해 넣지」

「그래서요……?」

「그게 다야. 그렇게 자전거를 타고 다니다가 집으로 돌아가면 한 달이란 시간이 내 지도 위에 담배 가게 표지판들로 남게 되겠지」

「……그래서요?」

「그게 다라니까, 뭐가 그래서야 이 바보야!」

남자 아이가 끼여들었다.

「오빠 정말 그게 다라고 생각해?」

「그래——애!」

남자 아이가 그 쪽으로 고개를 돌려 동의를 구하는 표정을 지었다. 그는 고개를 끄덕였다.

「아빠. 아빠 이 아저씨 말 믿어요?」

「글쎄다…… 난 아직 그런 여행을 한번도 해본 적이 없지만 멋질 것 같구나. 이 아저씨한텐 진짜 여행꾼 냄새가 나는걸?」

여자 아이는 잔뜩 흥분된 얼굴로 말했다.

「하지만 그따위 지도를 어디다 쓸 거냐구요? 담배 가게 표지판이 잔뜩 그려진 지도를 말이에요?」

「너어! 밥 다 먹었으면 수저를 놔」

여자의 눈길에 아이는 다소곳이 수저를 놓고 물러섰다.

「괜찮습니다. 실은 저도 그걸 어디에 써야 할지 한번도 생각해 본 적이 없어서요」

「아저씨 귀찮게 하지 말고 이젠 물가로 나가자」

세 사람이 물가로 나가기 위해 준비를 하는 동안 그는 담뱃갑을 꺼내들었다.

「한 대 피우시겠습니까?」

그러자 남자가 당황스럽게 말했다.

「아, 아니요, 난 아니오」

「……불쾌하시다면 그대로 넣겠습니다」

「아아, 그런 의미가 아닙니다」

남자는 서둘러 팔을 내저으며 말을 이었다.

「사실은 벌써 담배를 끊었다고 말했어야 했는데 그걸 깜빡 잊어버렸던 겁니다」

「담밸 끊으셨군요?」

「그렇소, 그래요. 이건 나보다도 내 주위 사람들이 더 잘 알고 있는 사실이지요. 좀 떠들썩하게 시작해서요. 그래야 주위 사람들에 대한 약속이 욕구를 눌러버리게 되거든요」

「다짐을 단단히 하셨군요?」

남자는 환하게 웃으며 말했다.

「공불 좀 했습니다. 7주 의지 금연법인데……, 행동 의학에 근거한 방법이죠. 두 달 예상으로 시기부터 선정해야 합니다. 주요 술좌석이나 여행 계획, 또는 큰일이 없는 달로 잡아야죠. 사실 이번 피서만 해도 내 이웃이자 가까운 친구 녀석이 진작부터 함께 가자고 했었지만 그래서는 이놈의 손가락들이 유혹에 넘어갈 것 같다는 생각에 거의 도망치다시피 가족들만 데리고 빠져나왔어요」

　그가 빼들었던 담배를 도로 갑에 집어넣자 남자가 다시 입을 열었다.
　「피워도 괜찮아요. 나한텐 이런 게 있으니까」
　남자는 왼손을 들어 손목에 차고 있는 고무줄 밴드를 힘껏 잡아당겼다 놓았다.
　「휴, 짜릿하다」
　남자의 손목을 바라보던 그는 담뱃갑을 주머니에 집어넣었다.
　「……이런 것도 있소」
　남자는 계면쩍은 얼굴로 상의 주머니를 뒤져 다섯 장쯤 되는 종이 카드를 꺼냈는데 거기에는 이런 글귀가 적혀 있었다.

　　이 담배를 피우려면 먼저 이 카드부터 불태우시오.

　「봤죠? 욕구가 일면 손목에 찬 고무줄로 손목에 통증을 가하거나 이런 카드를 꺼내 읽어보죠. 이건 경기장 주심이 지닌 레드 카드 같은 거요. 이런 것들이 하나하나 담배를 피우고자 하는 욕망이 지나야 할 문입니다. 그러면 담배를 피우기 위해 이런 종이 조각을 태우고 있는 자신의 모습을 상상하게 되죠. 담배를 피우는 일도 꾀죄죄하지만 그건 더 초라합니다. 그래서 한번 더 생각하게 만들고 그러면 마침내 이성이 욕구를 몰아내게 됩니다」
　남자의 노력은 집요한 흡연 욕구보다 한 발 앞서야 했으므로 그보다 더 결연한 것이었다. 금연 준비기인 처음 두 주 동안은 노이로제 증세가 그를 괴롭혔다. 2주가 되는 마지막날까지 일곱 개비의 담배를 줄이는 게 첫번째 관문이었다. 저 니코틴 담배로 줄이기 시작해 익숙하지 않은 손으로 담배를 피움으로써 무의식적인 담배 피우기를 차단해야 했다. 그리고 외출시 담배는 가지고 나가지만 라이터나 성냥은 두고 나갔다. 금연 일자를 정해 놓고 큼지막하게 〈금연〉이라고 쓴 두 장의 종이를 안방과 거실 벽에 붙여놓고, 마침내 아내 생일날 남자는 아내의 생일 선물로 금연을 선언했다. 그리고 모두 일곱 개의 재떨이를 집안에서 몰아냈다. 그날부터 담뱃갑이 들어갈 남자의 와이셔츠 주머니에는 껌이 들어가 있었다.

2주가 지나 금연기에 접어들면서 금단 증상이 찾아오기 시작했는데 둘쨋날부터 넷쨋날까지는 저녁 시간이 가장 심했다. 남자는 행동 의학적인 근거대로 그럴 때마다 물——과일이나 주스, 카페인 음료는 피한다——을 많이 마셨고, 운동을 한다거나, 술자리는 사전에 피했다. 담배 대신 부지런히 껌도 씹었다. 식후에는 양치질로 욕망을 닦아냈다. 그래도 욕구가 찾아들면 심호흡을 했고, 냉수로 세수를 하거나 손을 씻었다. 그런데도 남자의 노력은 한 대의 유혹으로 모든 것이 물거품이 될 어려운 한 주를 보내고 있었다.

「이번 주만 넘기면 금연 유지기라는 것인데 그때가 되면 주위 사람들에게 이런 말을 하고 돌아다니는 겁니다. 자네도 이젠 담배를 끊어보지, 라고 말이죠. 담배를 안 피우기 시작한 지가 오 일이 됐으니까, 난 이제 이틀 남았습니다」

마치 그 동안 지속해 온 흡연에 대한 보복 행위처럼 남자는 습관적으로 손목에 찬 고무줄을 퉁겼다.

「아이들이 아빠를 부르는데요」

그는 자리를 털고 일어섰다.

「어디로 갑니까?」

「당장은 저기 남쪽으로요」

텐트에서 폴대를 빼내는 그의 등에다 대고 남자가 말했다.

「아까 딸아이 말을 듣고 보니 나도 문득 궁금해졌는데 그 지도를 어디에 쓰죠? …… 설마 하니 담배를 사러 나갈 때마다 매번 그 지도를 들여다볼 건 아닐 테고?」

「모릅니다. …… 꼭 필요한 구석이 있어야 할지 어떨지……」

말을 마친 그가 남자를 향해 눈길을 주자 남자는 조금 무안해진 얼굴로 더듬거렸다.

「아니 뭐…… 난 그저 그런 게 있나 싶어서……」

# 아리랑 담배 사오기

그의 집 대문에서 10여 미터쯤 이어지는 골목을 나서면 상가 건물들이 늘어선 도로가 있었다. 성 할아버지네 가게는 그 도로에서 왼편으로 다시 10여 미터쯤 거슬러 올라가야 했는데 담배 가게 표지판은 그 가게를 끼고 도는 오른쪽 담벼락에 붙어 있었다. 그가 학교로 가는 길에 마주치는 첫번째 담배 가게 표지판이었다. 가게로 드나드는 출입문은 사방 20센티 크기의 자그마한 유리로 뒤덮인 여닫이문이었고, 문을 열 때마다 손님의 출입을 알리는 부저가 울렸다. 그러면 아이들은 우르르 몰려들어가 성 할아버지의 눈을 속이려 들었다.

아버지 담배 심부름 때마다 그는 35원짜리 아리랑 담배를 성 할아버지네 가게에서 샀다. 가게 안에서 보면 담배 가게 표지판이 삐죽하니 머리를 내민 왼쪽 골목으로는 날이 저물도록 아이들이 뛰어노는 장소였다. 아이들의 말뚝박기 놀이에 등받이 버팀대로 쓰이는 연탄 아궁이 굴뚝이 솟은 그 골목 담 밑으로는 봄이 늦도록 눈 무더기가 남아 있었다. 매번 담배를 사러 집을 나선 그가 성 할아버지네 가게에 들러 곧장 집으로 돌아가지 못하는 것도 거기서 뛰노는 친구들 때문이었다. 그는 가게에서 산 아리랑 담배를 아래 주머니에 넣고 땅따먹기나 술래잡기를 했다. 닭싸움을 하고 나서 주머니를 뒤져보면 담뱃갑이 찌그려져 있기도 했다. 정말이지 그 골목은 쉬어 넘지 않으면 안 될 아리랑 고개 같은 곳이었다. 날이 저물면 멀리 골목 안쪽으로 선 미루나무에 앉은 때까치들이 뜨악! 뜨악! 울었다. 아버지에겐 경기가 좋던 시절이었다.

그러나 2년 뒤인 1974년부터는 아버지의 경기가 갑자기 나빠졌다. 아버지는 늘 그게 두자릿수로 뛰는 인플레 때문이라고 말했다. 실제로 그 해 4월에는 35원 하던 아리랑 담배가 100원으로 뛰었으므로 아버지가 피우는 담배는 50원짜리 파고다로 바뀌었다. 파고다를 사나르기 시작하면서부터는 그의 심부름 시간도 5분을 넘지 않았다. 계절이 바뀌어 건설 경기 붐이 일면서 아이들의 놀이 장소도 바뀌었기 때문이었다. 그것은 치마저고리를 입고 장구를 치는 여인에서 원각사지 10층 석탑을 사나르는 일로 바뀐 것이었고, 어찌 보면 아리랑 고개를 넘는 일에서 파고다 공원을 맴도는 일로 바뀐 것 같기도 했다. 자고 일어나면 물가가 오르듯이 새로운 건물들이 들어서는 것을 성 할아버지네 가게는 끝내 견뎌내지 못했다. 파리 새끼 하나 날리지 않는 진열대를 갖춘 현대식 상점들이 성 할

아버지네 가게 건너편과 이웃으로 즐비하게 늘어섰기 때문이
었다.

# 새말 역사에서 만난 사람들

　작은 간이 역사 위에 녹이 슨 철제 글자로 〈새말〉이란 표지
판이 눈에 들어왔다. 등과 배에서 흘러내린 땀방울이 허리춤
을 흥건히 적시고 있었다. 국기 게양대 그림자가 드리운 곳으
로 자전거를 세워두고 그는 역사로 들어섰다. 오늘 그는
27Km의 길을 달려온 참이었다. 점심으로 먹은 빵 두 덩어리
는 벌써 공복감으로 사라진 지 오래였다. 매표원은 보이지 않
았다. 손님들도 보이지 않았다. 더위는 비좁은 역사에도 꽉
들어차 있었다. 그는 밤색 페인트칠이 된 기다란 의자에 주저
앉았다. 나른한 오후는 개찰구를 지나 아지랑이로 어른거리는
철길을 따라 이어져 있었다. 이따금씩 더운 입김 같은 바람이
역사 출입문을 통해 들어와 플랫폼 바닥을 쓸며 지나갔다. 그
는 상의 자락을 걷어올린 채 의자에 몸을 기댔다. 상행은 3시
37분 완행 열차였고, 하행은 5시 15분에 있었다.

개찰구 밖 측백나무 담 옆으로 소담스런 잎사귀 사이로 올곧게 뻗은 칸나 줄기 끝으로 꽃이 붉게 물들어 있었다. 나팔꽃과 넝쿨콩이 개찰구 왼쪽 벽에 설치된 철삿줄을 감아오르고 있었다. 대기는 황사가 인 것처럼 뿌옇게 드리워 있었다.

십여 분쯤 지나 역사로 들어선 사람은 등산복 차림의 40대 중반쯤 되어보이는 남자였다. 그는 매표구 위쪽에 걸린 열차 시간표를 바라보며 중얼거렸다.

「하루에 여섯 차례…… 정말 낭만적인 시간표군」

그러더니 남자는 그 쪽을 흘끗 건너다보며 말했다.

「좀 앉아도 되겠소」

「그럼요」

남자가 털썩 내려놓은 배낭은 등에 닿았던 부분이 젖어 있었다. 그는 몹시 눅눅하고 짜증스러워 보인다는 생각으로 배낭에서 눈길을 돌렸다.

「휴——! 종일 걸었더니 이 모양이군」

「등산을 하셨군요」

「말하자면 그런 셈이지」

남자는 상의 주머니에서 담뱃갑을 빼들었다. 1974년 7월 20일자로 발매되기 시작한 20본들이 필터 담배 태양이었다.

「어느 쪽을 기다리나? 상행? …… 하행?」

남자가 담배 연기를 내뿜으며 말했다.

「아무 쪽도 아닙니다. …… 너무 더워서 잠시 쉬는 중입니다. 저 밖에 제 자전거가 있거든요」

「자전거 여행?」

「예. 어느 산을 등산하신 겁니까?」

그의 물음에 남자는 역사 앞을 지나는 도로 쪽으로 손짓해 보이며 말했다.

「길 아닌 곳이라면 어디까지라도 가지. 저길 한번 봐. 인류가 지금껏 축적해 놓은 지식이라는 것도 따지고 보면 길 아닌 곳에서는 썩은 백합에 불과한 거야. 잡초보다 고약하다는……. 난 저 놈의 것들을 보고 있노라면 옛날 이야기 속에서나 나오는 마법의 지팡이라는 것이 생각나」

그의 손길이 가리키는 곳으로는 원근법으로 늘어선 전봇대들이 진화의 단계적 표식처럼 늘어서 있었다.

「마법의 지팡이요?」

「사람들의 말대로 저것은 분명 근대 문명의 젖줄이지. 문명의 굴레 말이야. 우린 이제 너 나 할 것 없이 전기 중독자가 되어버렸어. 어느 날 밤 갑자기 전등과 TV가 죽고 나서야 전기 없이는 무엇 하나 제대로 해낼 수가 없구나, 하는 생각을 일깨웠다고 해봐. 인간과 기계의 경계가 흐려져 거의 구분할 수 없는 곳에 서 있는 우리들의 모습이겠지」

「……그렇다고 해서 멀쩡한 TV를 내다버렸다는 사람을 본 적은 없는걸요」

「안다는 것이 곧 그 대상으로부터 벗어난다는 의미는 아닐 테니까 그렇다고 말할 수 있겠지. 다만 지난 30년 동안 직업상 나는 길보다는 길 아닌 곳을 더 찾아다녔어」

　높은 산들을 정복하기에는 너무 나이가 많은 게 아닌가 싶은 생각으로 그가 말했다.
「모험을 즐기시나요?」
　한동안 사람 좋은 웃음을 떠올리던 남자가 입을 열었다.
「박물학이라고 들어봤나? 온갖 식물들을 채집하고 도감을 만드는 일이지. 자넨 길에 대해서 흥미가 많은 모양인데 난 정말이지 길에 대해서는 흥미가 없어」
　그가 모든 종류의 길에 흥미를 잃어버린 것은 박물학에 관심을 기울이기 시작하면서부터였다. 그의 관심거리는 길 아닌 곳에서 자라나고 있었고, 길은 그에게 제대로 된 꽃잎이나 풀포기 하나 보여주지 않았기 때문이었다. 게다가 우리 국토 중에 길이 차지하는 비중이라고 해봤자 남자들의 수염 중에 하나를 뽑아든 것에 지나지 않을 것이라는 생각이었다. 그에 비하면 자연은 그의 식물 도감을 도배하고도 남을 만큼 그 자체가 무궁무진한 원천이었다.
　꽃잎이 가시인 엉겅퀴꽃에서 그는 지금껏 인류가 써먹은 그 어떤 경구(警句)보다도 내밀함을 발견했다. 그가 차고 다니는 물통에는 느릅나무 껍질을 삶은 물이 들어 있는데 그 붉고 선명한 깨끗함이 포도주에 견줄 바 아니었으며 갈증은 물론 속까지 편안하게 하는 효험이 있었다. 그는 무궁화가 일제의 손에 당한 수난의 역사를 떠올리며 인간이 만들어내고 이름붙인 〈길〉들에 대해, 길의 개발에 뒤쳐진 민족이 겪어야 했던 고난에 대해, 그 아이러니에 대해 서둘러 깊게 빨아들인 담배 연기를 끼얹으며 말했다.

「프로스트는 그때 이미 길이란 소통이 아니라 단절의 이미지임을 깨우쳤던 거야. 그러니까 드물게도 그는 가지 않은 길을 선택한 것이지」

가지 않은 길

숲 속에 노란 두 갈래 길이 있었습니다.

(……)

길은 길로 이어지는 것이기에
다시 돌아오기 어려우리라 알고 있었지만.

오랜 세월이 흐른 다음
나는 한숨지으며 이야기할 것입니다.
두 갈래 길이 숲으로 나 있었다고,
나는 사람이 덜 다닌 쪽 길을 택했고,
그것이 내 운명을 바꾸어놓았노라고.

그 잊을 수 없는 숲 속의 노란 두 갈래 길 중에 박물학자는 사람이 덜 다닌 쪽 길을 택했고, 그것이 그의 운명을 바꾸어 놓았다.

갑자기 역사 밖이 왁자지껄해지면서 대학생 차림의 젊은이들이 몰려들었다. 그들은 여덟 개나 되는 배낭을 의자 한쪽으로 산처럼 쌓아올리고는 곧바로 역사 콘크리트 바닥에 빙 둘러앉아 다른 사람들의 시선에는 아랑곳없이 〈짐승 발바닥〉 놀이를 시작했다. 그들은 탄자니아 북부에 위치한 세렝게티 국립 공원에 사는 얼룩말, 사자, 톰슨 가젤, 원숭이, 하이에나, 독수리, 치타, 임팔러까지 모두 여덟 가지 짐승 발바닥을 정했다.

대기는 여전히 무더웠고, 기차 시간까지는 아직도 멀었지만 사람들은 하나둘씩 모여들고 있었다. 박물학자가 두번째 담배를 피워물었을 때 학생들 무리에서 비명과 웃음소리가 터져나왔다. 한 학생이 빙 둘러싼 동료들 한가운데로 끌려나와 무릎을 꿇고 엎드렸다. 그러자 동료들의 손가락들이 기다렸다는 듯이 격렬하게 피아노 건반을 치듯 등을 두드려댔다.

「인디언 밥! 한 번 더, 인디언 밥!」

「왜 나만 두 번 하는 거야?」

「네가 특별히 이뻐서 그런다, 이 하이에나 발바닥아!」

담배를 피우던 박물학자가 다시 그에게 말을 걸었다.

「저건 일종의 유행성 감기 같은 거지. 흥미가 시대에 뒤처지면 그땐 국민학생들도 저런 놀이는 안 할거야」

「저도 저 놀이를 해봤는데 인디언 밥!을 외칠 때마다 인디언들을 보호 구역에 몰아넣고 있다는 생각이 들었습니다. 제멋대로 돌아다니는 발바닥들을 보호 구역에 가두는 일이죠」

「흐흐, 그래. 그 안에 밥이 있다는 거지? 말 되는데?」

박물학자가 의자 뒤로 목을 젖혀 땀을 식히는 동안 째깍! 째깍! 째깍! 째애——깍! 하는 소리가 다가왔다. 천천히 고개를 돌리자 미니 스커트 차림에 하이힐을 신은 여자가 불안스러운 눈길로 그를 내려다보고 있었다. 뽀얀 허벅지가 바로 그의 코앞에 멈춰서 있었다. 그가 자세를 가다듬자 여자는 조심스럽게 의자 오른쪽 끝으로 다가가 핸드백을 무릎에 얹으며 앉았다.

「매표원은 어디 갔나요?」

학생들의 소란 때문인지 여자는 얼굴을 찌푸리며 말했다.

「매표원이 있은들 무슨 소용이 있겠소」

박물학자의 말에 그가 덧붙였다.

「한동안 기차가 없을 거라는 말입니다」

여자는 열차 시간표로 눈길을 돌렸다.

영원에 버금갈 유행을 따라 여성의 허벅지까지 기어 올라간 미니 스커트와 하이힐이 최초로 비행기를 타고 태평양을 건너와 마침내 이곳 〈새말〉역에 내려선 것은 1974년 가을 무렵으로, 그해엔 모두 열여덟 종의 담배가 의장 제정이나 변경을 거쳐 발매되기 시작한 기록적인 해였다. 학, 한산도, 명승, 새마을A, 새마을B, 개나리, 환희, 파고다, 남대문, 태양, 거북선, 샘, 수정(100mm), 하루방(100g), 아리랑, 전우(필터), 단오, 화랑(필터)에 이르기까지 대한민국 전매 역사에 서 그처럼 많은 종류의 담배가 발매된 것은 그 이전에도

없었고, 차후로도 없을 일이었다. 어쨌든 그해에 문제의 미니
스커트와 하이힐이 열차 승강대를 마치 시한 폭탄의 초침 소
리처럼 째깍거리며 내려섰을 때 역원들과 열차를 기다리던 사
람들은 털을 몽땅 깎인 살덩이뿐인 양을 목격이나 한 것처럼
차마 눈뜨고는 못 보겠다는 표정으로 시선을 돌렸다. 그 일로
많은 사람들이 시선을 잃어버렸고, 당시 열차를 기다리던 승
객 틈에 끼여 있던 새말 죽간정(竹幹停) 유림(儒林)들 중엔 지
금껏 잃어버린 시선을 되찾지 못한 사람들도 있었다. 물론 대
다수의 사람들은 과도하게 되찾아간 경우였다. 그 일은 앞서
시선을 빼앗고 차후로 더 많은 시선을 돌려준다는 유행의 속
성을 단적으로 말해 주는 사건이었다. 은행에 예금한 돈과 다
를 게 있다면 지독한 인플레이션까지 감안한 이자만큼의 충동
까지도 에누리없이 되돌려준다는 점이었다.
　「개새끼들!」
　모두들 말소리가 들려온 쪽으로 고개를 돌렸고, 역사는 일
순간 조용해졌다. 방금전 술에 취한 듯한 걸음걸이로 애인으
로 보이는 건장한 여자의 어깨를 껴안고 역사로 들어섰던 해
병대 사병이었다. 병사는 이 허름한 역사에서 뜻밖에 마주친
상관을 대하듯 몸을 꼿꼿이 세우고 있었다.
　「개새끼들이래……? 우리보고 그런 거야?」
　학생들 중 누군가 못 믿겠다는 듯이 뇌까렸다.
　「여기가 너희 집 안방이냐!」
　그들 중 제일 나이가 많아 보이는 남자가 궁둥이를 털며

일어섰다.

「당신 지금 시비거는 거야?」

「그래, 시비다!」

후텁지근한 대기에 불을 지르는 듯한 목소리였다.

「왜 이래요」

지금껏 병사 옆에 초조하게 서 있던 여자가 병사의 팔을 잡아끌었다. 그러자 반대편의 여학생들도 남학생들의 팔을 잡아끌었고, 금방이라도 치솟을 듯했던 열기는 이내 수그러들었다.

「내 참 더러워서……」

학생들은 다시 떠들기 시작했고, 병사와 여자는 시간표가 붙은 벽을 열심히 올려다보고 있었다. 미니스커트 차림의 여자가 이따금씩 서쪽 산기슭 사이로 뻗어난 철길을 따라 금방이라도 기차가 달려오는 건 아닌지 싶은 얼굴로 개찰구 밖으로 고개를 내밀어 내다보는 모습이 흐릿하게 눈에 들어왔다. 묵직한 것이 뒷덜미와 두 어깨로 얹혀들며 눈꺼풀이 천근만큼이나 무겁게 느껴졌다.

「이런 날씨에 기차 여행이라니……」

그는 눈앞을 어른거리는 하얀 허벅지에 초점을 맞추려고 애쓰며 점점 더 깊은 졸음에 빠져들었다.

그가 눈을 떴을 땐 처음 역사로 들어섰을 때처럼 텅 비어 있었다. 개찰구 너머로 빨간 삼각 깃발을 든 역무원 아저씨가 텅 빈 플랫폼 벤치에 앉아 있었다. 그는 무릎에 팔꿈치를 기

대 잔뜩 앞으로 굽은 자세로 고개를 떨군 채 땅바닥을 내려다
보고 있었다. 날씨는 여전히 무더웠다.

# 카스트로 - 쿠바 - 시거 - 타악기

쿠바라는 나라에서 그가 최초로 받아들인 정서는 카스트로였다. 쿠바는 그에게 원시 열대림으로 뒤덮인, 한번도 눈이 내린 적이 없는 작렬하는 태양의 나라였고, 그곳에는 한 늙은 혁명가 카스트로가 살고 있었다.

신문을 통해 카스트로라는 이름을 종종 보아왔지만 고등학교 세계사 시간에 다시 그 이름을 들었을 때 아주 특별한 뉘앙스를 지닌 단어임을 일깨웠다. 그때 그는 카스트로를 〈철〉이라는 단어와도 같은 매우 단단한 물질 명사를 지칭하는 단어, 그러니까 Fe 성분을 추출하기 위해 용광로 속에 암석을 집어넣고 녹이면 IRON이 아니라 카스트로가 나올 거라는 생각이 들었던 것이다. 카스트로 없는 쿠바는 속 없는 찐빵이었다. 그 시절에는 웃음이 헤펐으므로 그런 생각만으로도 며칠은 넉넉하게 웃음을 뿌리고 다닐 수 있었다. 그런데 그날의 웃음은 대나무 뿌리로 된 체벌기로 학생들을 호되게 다루었던 세계사 선생님을 콧바람으로 내모는 일이 되어버렸다. 그의 불건전한 웃음은 파충류 눈초리처럼 생긴 선생님의 시선을 불러모았고, 그는 마치 용광로 속에서 들끓는 카스트로가 자신에게 다가오는 듯한 착각을 받았다. 선생님은 늘 하던 버릇대로 대나무 뿌리로 머리를 톡톡 두드리며 웃음의 진의를 파악하는 질문을 던졌다.

「뭐가 우스웠나?」

대나무 뿌리의 타력 강도는 자신이 내뱉을 다음 말에 달려 있다는 생각이 들자 등줄기에선 식은땀이 솟기 시작했다.

「쿠바에는 철이…… 많이 나는지 궁금해서……」

「철이? 궁금해서 웃었다아?」

「……네」

대답과 동시에 대나무 뿌리가 머리 위에서 춤을 추었다. 경련과도 같은 통증으로 그는 어깨를 움츠리며 손으로 머리를 감쌌지만 매질은 손등과 어깨 위로 거침 없이 쏟아져 내렸다. 매우 가혹한 매질이었다. 그의 손등과 어깻죽지엔 매가 닿았던 자리마다 퍼런 먹줄이 섰다.

지금까지도 그는 세계사 선생님이 그만한 체벌을 가할 만큼 뚜렷한 분노의 감정을 가지고 그랬는지는 알 수가 없었다. 그가 했던 일이라고는 당시 촌지 문제로 곤경에 처한 선생님들 중에 그도 포함돼 있기를 바랐을 뿐이었다. 그러나 어찌된 영문인지 소문이 휩쓸고 지나간 후 세계사 선생님은 학생 주임이 되어 있었다. 세계사 선생님의 승진은 그의 뇌리 속에 쿠바와 카스트로를 더욱 굳건히 결합시켰다. 카스트로는 쿠바의 어머니, 그들 모자는 북아메리카에 살고 있었다.

쿠바 국가 평의회 의장이자 늙은 군인 카스트로는 텁석부리 이웃집 아저씨 같은 구레나룻을 가지고 있었다. 그 수염은 매번 그에게 〈혁명〉이란 단어를 일깨워놓았다. 청년 카스트로는 자신의 턱에 수염이 자라나기 시작하면서 한 나라의 통치자가 되고자 하는 꿈을 꾸게 됐을 것이었다. 그 꿈은 숭고했으므로 많은 사람들이 이런 저런 이유로 카스트로의 수염을 숭배해 왔을 것이었다. 노동자들에겐 인자한 이웃집 아저씨 같은 수염으로, 학생들은 강인한 남자의 상징으로 카스트로 수염을 믿어 의심치 않았을 것이었다. 반정부 지식인들 중에는 그가 그토록 오랫동안 권좌에 앉아 있을 수 있는 것은 그 수염 때문이라고 생각하는 사람도 있을 것이었다. 그처럼 수염에 꿈을 키워온 남자라면 다른 남자들과는 뭔가 달라야 했을 것이었다. 카스트로의 수염은 마땅히 그래야만 했을 것이었다.

대학가에서 레닌의 수염이 그러했듯이 인민의 기수로서, 또한 강인한 남자로서 카스트로의 수염도 저무는 1980년대와 함께 점차 그 빛이 바래가고 있었다.
「들라클르와를 알아?」

「웬 가래 끓는 소리?」

대학에서 그가 처음으로 통성명을 나누었던 여자애는 시큰 둥한 반응을 내보였다. 기가 막히게 예쁜 힙을 가진 애였는데 그녀는 자신의 엉덩이가 엉덩이가 아닌 힙이라고 스스럼없이 말하고 다녔다. 하긴 다른 부위는 몰라도 힙이 예쁘다는 것은, 그런 힙이 필요할 때와 장소가 많다는 것은 누구나 인정하는 바였다.

「〈민중을 이끄는 자유의 여신〉이란 그림을 그린 화가 말이야. 잔 다르크. 프랑스의 유관순 누나가 등장하는 그림」

「애 좀 봐, 너 어디 아프니? 니 주제에 무슨 미술이야」

그녀가 그런 식으로 말꼬리를 잡고 늘어지기 시작하면 끝이 없다는 것을 알고 있는 그로서는 정색을 하며 말할 수밖에 없었다.

「들어봐. 들라클르와, 잔 다르크, 카스트로, 혁명, 시거, 4·19, 타악기…… 거기엔…… 뭔가 공통점이 있다는 느낌 안 들어?」

「공통점? 뭐가?」

그는 어깨를 으쓱하며 말했다.

「……그건 나도 몰라」

그녀의 동공이 점차 커지더니 급기야는 폭발하고 말았다.

「지랄 염병!」

며칠 뒤 그는 100원짜리 동전 한 개를 들고 서서 담배를 낱개로 파는 교내 매점 판매대 앞에 줄을 서 있는 동안 이데올로기와 동일선상에 놓인 쿠바를 떠올렸고, 그것은 곧바로 카스트로와 시거, 타악기를 결합시켜 놓은 반죽 같은 것임을 이해했다. 물론 그것은 대한민국 민주 공화국에 몸담고 있는 자의 이해였다. 100원이면 솔 담배 세 개비를 살 수 있는 그 줄에 서서 그는 100년이란 세월에 걸쳐 소성되는 콘크리트 반죽처럼 카스트로―쿠바―시거―타악기라는 질료로 이루어진 이데올로기가 소성되는 데도 그 정도의 시간은 필요할 것이라고 생각했다.

그런 쿠바가 이젠 화석화된 이데올로기의 고향이 되어가고 있었고, 카스트로의 수염도 허옇게 바래가고 있었다. 죽지 않고 다만 바랠 뿐인 혁명을 위해 이제 카스트로는 혁명의 죽음을 선포할 시기를 살피고 있는 건지도 몰랐다. 그러려면 먼저 수염을 자르는 일부터 해야 할 거라고 그는 생각했다.

# 반짝이는 것들

언제부터 그 반짝임들은 시작된 것일까?

어린 시절부터 그는 한낮에도 별처럼 반짝이는 그 무엇들이 눈에 띄기만 하면 발걸음을 돌려세웠다. 다가가 보면 그것들은 거울 조각이나 쇠붙이, 아니면 은박지로 된 과자 봉지가 고작이었지만 집으로 돌아가는 길에 그의 눈길을 끌던 반짝임들로부터 그는 한번도 그냥 지나쳐본 적이 없었다. 비록 별은 아닐지라도 반짝이는 모든 것들은 특별한 의미가 있는 것처럼 여겼고, 하나의 개체가 본질적으로 어떤 가치를 지니고 있기라도 한 것처럼 믿었던 시절이었다. 발로 그것들을 뭉개버리거나 또다시 그 앞에 나타나 실망하지 않도록 어딘가 꼭꼭 묻어버리기 전까지는 그랬다. 그리고 마치 이 때껏 자신만을 위해 반짝임을 머금고 있기라도 한 것 같다는 생각에 지금 그는 3Km쯤 떨어진 남녘 산자락을 감아도는 고압선 철탑 밑으로

햇빛에 반짝이는 것을 향해 나아가고 있었다.

차와 경운기 바퀴가 파고들어 가 먼지가 풀풀 날리도록 굳어버린 농로여서 도무지 속도를 낼 수가 없었다. 땀이 온몸을 적시고 있었다. 지면에서는 흙이 구워지는 냄새가 피어올랐다. 그는 일정한 속도로 페달을 밟았다.

오전에 그는 모두 서른일곱 개의 담배 가게 표지판들을 기록했는데 그만한 양이면 오늘 하루 일흔 개 정도를 찾아낼 수 있을 것 같았다. 지도가 온통 담배 가게 표지판들로 빽빽이 들어차고 수첩은 그 가게들에 대한 기록들로 세 쪽 정도는 필요할 것 같았다. 서쪽 공지선으로부터 남녘 산자락 아래까지 살진 얼룩말 궁둥이처럼 벌어진 벼포기가 곱게 손질한 잔디밭처럼 펼쳐져 있었다.

가까이 전주가 지나는 농로 밑으로 수로에 흐르는 물에 발이라도 담글까 싶어 그는 자전거를 세웠다. 따끔거리는 목덜미를 훔치며 그는 둑을 내려섰다. 셔츠를 벗어 풀숲에 던져놓고 물에 손을 담갔다. 미지근한 물을 퍼올리려던 그는 깜짝 놀라 일어섰다. 허연 배를 드러낸 고기가 물때에 실려 둥둥 떠내려오고 있었다. 반은 부패된 붕어였다. 주위를 둘러보니 벼포기 사이에도 죽은 물고기들이 걸려 있었다. 엄지손가락만큼이나 퉁퉁 분 미꾸라지들은 물 밖으로 고개를 내밀려고 애쓰는 듯한 자태로 둥둥 떠다니고 있었다. 손의 물기를 털어낸 그는 셔츠를 집어들고 농로로 올라섰다.

고개를 들자 하늘은 구름 한 점 없이 깨끗했다. 폭염으로 스멀거리는 길을 따라 늘어선 전주들은 들과 내를 지나 산을 넘어 어딘가 죽은 물고기들의 고향까지 닿아 있을 듯이 보였다. 이따금씩 바람이 지날 때마다 들판은 더없이 푸르게 일렁였다.

그는 다시금 반짝이는 것들을 향해 나아가기 시작했다. 매번 그러했듯이 이번의 반짝임들 또한 바스러진 꿈을 확인하는 일에 지나지 않을 것임을 그는 알고 있었다. 그러나 이런 행위마저 포기한다면, 그것은 담배 가게 표지판들을 끝내 이정표로만 보아넘기는 성장의 정지 상태나 다름없었고, 어머니의 죽음을 인정하지 못하는 일이 되어버렸을 것이었다.

산자락에 들어서야 그는 농로를 지나다닌 자국이 1톤 트럭의 바퀴 자국이었음을 알아차릴 수 있었다. 그곳에는 한낮의 태양 아래 눈을 뜨고 있기가 어려울 만큼 현란한 반짝임들이 난무하고 있었다. 자전거에서 내려선 그는 담배를 피워물었다. 파손된 자동차 유리에서부터 거울 조각에 이르기까지 창 끝처럼 날을 세운 족히 수십 대 분량은 될 각종 유리 조각들이 비스듬한 산자락을 물고기 비늘처럼 덮고 있었다. 피우던 담배가 손에 잡힌 땀에 젖어 허리가 부러지는 바람에 그는 새 담배를 빼물었다. 멀리 2차선 도로에는 이따금씩 차창에 반사하는 반짝임을 머금고 질주하는 차들의 모습이 보였다. 더위를 피할 만한 그늘을 찾으려면 유리더미를 넘어서야 했기 때문에 그는 담배를 다 피우자마자 곧바로 돌아섰다.

다시 자전거에 올라서도 그는 비록 이번의 반짝임들도 쓰레기 더미에 지나지 않았지만 실망하지 않았다. 가끔씩 뒤쪽을 흘끔거리며 세상에는 여전히 반짝임으로 사람들의 시선을 사로잡을 만한 그 무엇들이 놓여 있어야만 한다고 그는 생각했다. 본질적인 것은 여전히 거짓과 낙담과 유사한 변종들과 더불어 자라난다는 것을 믿어 의심치 않았기 때문이었다.

# 담배 배우기

1987년은 그가 담배 배우기를 더 이상 늦출 수 없는 마지막 해였다. 새해 벽두부터 그는 멈칫거리다 보면 자칫 그 때를 놓칠 것만 같아 조바심을 쳤다. 사람에게는 누구에게나 그런 때가 있는 법이라고 그는 생각했다.

그러다 마침내 그가 처음으로 자신이 피울 담배를 산 곳은 어린 시절 폐타이어 더미에 앉아 도로를 지나는 차들의 꽁무니를 바라보던 신리 주유소에서였다. 학교에서 돌아오는 길이면 이따금씩 그는 신리 주유소 앞에 자전거를 멈추고 서서 여기 어디쯤 담배 가게 표지판이 붙어 있어야 할 거라는 생각을 했다. 그가 지나친 그 어떤 곳도 그곳만큼 담배 가게 표지판이 없어 허전하지는 않았다. 그 허전함은 차례차례 기름을 넣고 멀어져 가는 차들의 뒷모습에서 뭔가를 잊고, 아니면 쫓기듯 황망히 떠나가는 아쉬움으로 남곤 했다. 주유기 사이의 기둥이나 주유소 입간판 아래, 하다 못해 사무실 유리창에라도 담배 판매를 알리는 표지판이 붙어 있었더라면 차들이 그렇듯 떠나가지는 않을 거라는 생각이었다. 차들이 다음 주유소를 향해 달려가는 동안 승객들 또한 다음번 담배 가게 표지판에 대한 기대를 버리지 않기 위해서라도 그곳 어딘가에는 담배 가게 표지판이 붙어 있어야 했다. 가을이면 그 길로는 까만 교복의 까까머리 학생들이나 부녀자들을 태운 관광 버스들이 꼬리를 물고 내달았다. 여행이 가져다주는 흥분이나 기대에 부응하기 위해서라도, 누군가 담배를 피우고 안 피우는 것과는 상관없이 모든 주유소에는 담배 가게 표지판이 붙어 있어야 할 거라는 생각이었다.

그런데 그가 고등학교 2학년이 되던 그해 신리 주유소에 담배 가게 표지판이 나붙은 것이었다. 담배 가게 표지판은 세 평쯤 되는 사무실 출입구 옆 벽에 붙어 있었다. 자전거를 타고 다가간 그는 조그만 사무실 창문으로 천원권 한 장을 디밀고 거북선이라고 말했다. 사무원 여자는 몇 번 그의 얼굴을 흘끔거리더니 거북선 한 갑과 거스름돈 오백 원을 내밀었다. 1974년 7월 20일부로 태양과 함께 발매되기 시작한 담배였다. 담배와 거스름돈을 받아든 그는 미친 듯이 집을 향해 자전거 페달을 밟았다.

방문을 잠그고 들어앉은 그는 책가방에서 담뱃갑을 꺼내들었다. 창턱에 팔꿈치를 대고 담배에 불을 붙였다. 연기를 들이마시자 우울한 현기증이 다가들었다. 달리 기억해 두어야 할 만큼 그 느낌은 우울했다. 깊게 다시 한번 빨아들이자 머리가 핑 돌았다. 연기가 코와 눈으로 스며들어 창 밖으로 팔을 내뻗고 있어야만 했다. 의자에 다가가 앉고 싶었지만 다리가 풀려 그대로 서 있기도 힘들었다. 구토가 치밀기 시작했다. 창틀에 허리를 꺾고 고개를 내밀었지만 게워내지는 않았다. 눈물이 어려 시야가 뿌옇게 흐려왔다. 한참 만에야 그는 창 밖으로 담배를 집어던지고 눈가를 훔쳤다. 의자에 다가가 앉아야 한다는 생각이 들었지만 움직일 수가 없었다. 입안에 고인 침을 뱉어내고 고개를 들자 어둑신한 사위가 뿌옇게 눈에 들어왔다. 친구들이 맞이한 때도 이러했을까? 마침내 뜻을 이루었다는 생각으로 그는 약간의 슬픔이 밴 미소를 머금었다. 조용한 저녁이었다.

# 김 치과 병원 원장 선생님과
## 간호사 아가씨

　그 담배 가게 표지판은 우체국을 지나 왼쪽 골목으로 접어들어 십 미터 전방쯤에 있었다. 등교길에 소년이 마주치게 되는 네번째 담배 가게 표지판으로 낮 동안은 내내 그늘이 들지 않는 곳이었다. 김 치과 병원은 바로 그 옆 건물이었는데 아버지의 출근길에 소년이 들러야 할 병원이었다.

　남자는 휴지로 소년의 입 가장자리에 묻은 고춧가루를 닦아내고는 식탁에서 일어섰다. 주방을 나서는 남자에게 눈길을 주던 소년은 앉은자리에서 몸을 돌려세워 의자 등받이에 두 손을 얹었다. 입안에 든 음식물을 꿀꺽 삼키고 나자 소년은 거실 쪽에다 대고 시무룩하게 말했다.

　「이빨을 뽑아야 한다고 하면 어쩌죠 아빠?」

　「뽑아야지. 안됐지만……」

그 말에 소년은 소리나게 수저를 식탁에 내려놓았다.

「더 이상 못 먹겠어요」

「그럼 준비하거라」

거실 벽거울 앞에 서서 넥타이를 매던 남자는 거울을 통해 주방 입구에 서 있는 소년 쪽으로 눈길을 주며 말했다. 마지못한 듯 소년은 방으로 들어가 셔츠를 들고 나왔다.

「그런데 아빠, 제가 치료받는 동안 옆에 있어주실 거죠?」

셔츠에 목을 꿰던 소년이 말했다. 남자는 돌아서서 얼굴만 내민 셔츠에 소년의 팔을 들어 하나씩 끼워넣으며 말했다.

「앞으로는 말이야, 아침을 먹은 후에 이를 닦도록 해」

「제 말에 대답하지 않으셨어요, 아빠」

「치료실 밖에서 기다리고 있을 거야. 너도 대답해야지?」

「알았어요」


「사탕을 너무 많이 먹었구나」

길고 조그만 찻숟갈 같은 기구로 소년의 입안을 헤집고 들여다보던 원장 선생님이 말했다.

「전 늘 먹고 싶은 만큼만 먹는 걸요?」

스테인리스 스틸처럼 보이는 그것이 다시금 입안으로 들어오지 않나 싶어 불안한 눈초리로 바라보는 동안 흰 가운의 원장 선생님이 말했다.

「그래, 나도 너만했을 땐 뭐든 먹고 싶은 만큼만 먹었다고 여겼다. 그런데도 내 이빨은 모두 썩어버렸어. 내 말 알겠니?」

「……하지만 원장 선생님 이빨은 모두 좋아보이는데요?」

「물론, 틀니니까 그렇지」

소년은 주먹을 불끈 쥐고 소리쳤다.

「그게 틀니라구요?」

가운 깃에 파묻힌 의사의 쭈그러든 목이 움찔했다.

「빼낼 게 모두 세 갠데……. 어때? 참을 수 있겠니?」

「잠깐만요! 틀니는 썩지 않나요?」

한동안 비스듬히 고개를 기울인 채 소년을 바라보던 원장 선생님이 미소를 떠올리며 말했다.

「난 네가 무슨 생각을 하고 있는 건지 다 알고 있단다. 너도 틀니를 갖고 싶은 거지? 하지만 안 돼. 넌 이게 얼마나 불편한지 모르고 있어. 생각해 봐라, 음식점에 갈 때 자칫 이걸 집에 두고 왔다고 말이야. 틀니는 그런 거란다. 하지만 네 잇몸에서 돋아난 치아는 있는지 없는지 모르게 항상 거기 있어주니 얼마나 편리한 것이냐?」

「그런 거라면 하나도 편리할 게 없어요. 아빠 매일 아침 저녁으로 닦아주어야 한다고 꾸지람이시죠, 게다가 걸핏하면 혀를 깨물기 일쑤고, 지난 며칠 동안은 치통 때문에 밤새 잠도 제대로 잘 수가 없었는 걸요」

물끄러미 소년의 이야기를 듣고 있던 의사가 다시 입을 열었다.

「틀니도 마찬가지야. 식사 후엔 빼내 닦아주는 게 위생상 좋단다. 그리고 이런 걸 생각해 봐라. 식사 때마다 입안에서

덜거덕거리는 소리가 난다고 말이야. 마치 달구지 굴러가는 소리 같거든. 그러니 입안에 익기까지는 불편하기 짝이 없어」
「하지만 이가 없는 것보다는 낫잖아요?」
「그야 물론 그렇지」
그러더니 원장 선생님은 간호원을 불렀다.
「여기 꼬마 손님 아프지 않게 주사 좀 놔드려」
「네 선생님」
간호원이 주사기에 약물을 빼들고 다가왔다. 소년은 겁이 나 가만히 누워 있을 수가 없었다.
「걱정 말아라. 이건 하나도 아프지 않으니까」
체격이 크고 얼굴이 카스텔라 빵처럼 둥근 간호원이 말했다.
「아빠가 그러시는데 하나도 아프지 않은 주사가 있다는 말은 순전히 거짓이래요」
「너 이 녀석 그렇게 자꾸 꼬치꼬치 파고들면 정말 아프게 놓을 수도 있어?」
간호원이 손을 뻗어 주사기를 입안으로 들이밀려고 하는 통에 놀란 소년은 도리질을 치며 말했다.
「싫어요! 난 이빨 안 뽑을 거야!」
「너 자꾸 이러면 마취도 안 시키고 이빨을 뽑아버릴 거다?」
한참을 실랑이하던 끝에 치료실 밖에서 기다리던 소년의 아버지가 불려왔다. 그는 단 한마디만 던지고는 나가버렸다.
「말 듣지 않으면 앞으로 사탕이며 과자는 절대 없는 줄 알아라!」

아빠가 나가버리자 소년은 화가 나서 소리쳤다.

「그 엉덩이 좀 치워요. 아빠가 안 보인다구요!」

「어머!」

놀란 간호원이 치료실 유리창 밖으로 눈길을 주며 물러섰지만 이내 다시 달려들어 소년이 옴짝달싹못하도록 팔을 붙들었다. 철제 기구로 입이 다물어지지 못하도록 고정시켜 놓은 다음 거즈와 이빨을 뽑는 기구들이 마음대로 입 속으로 드나들기 시작했다. 소년은 놀라 치켜뜬 눈으로 사방을 두리번거렸다.

「눈을 감아봐라. 그러면 덜 끔찍할 거야」

원장 선생님이 친절하게 말했다.

세 개의 이빨을 뽑아낸 자리에 거즈를 메워 물고 치료대에서 내려서자 눈물이 볼을 타고 흘러내렸다. 마취를 했기 때문에 통증을 느끼지는 않았지만 겁을 먹은 때문인 모양이었다.

「울었어? 이제 봤더니 아주 바보네?」

얼굴이 카스텔라 빵처럼 둥근 간호원이 말했다.

「난 안 울어요. 울지 않는다구요!」

「그래, 넌 안 울지. 그건 나도 알아. 그런데 네 볼을 타고 흘러내리는 건 뭐지?」

간호원의 말에 소년은 입안에 거즈가 제대로 물려 있는지 혓바닥으로 확인해 보며 중얼거렸다.

「누난 엉덩이가 왜 그 모양이죠?」

「뭐라구?」

거즈를 이빨 사이에 물고 내뱉은 말이어서 간호원은 금방 알아듣질 못했다.
「엉덩이가 왜 그렇게 크냐구요?」
귀밑까지 빨개진 간호원이 갑자기 소년의 얼굴을 감싸쥐더니 귓불을 잡고 흔들었다.
「이 못된 녀석!」
「놔요! 놓으란 말이에요!」
거즈가 입안에서 튀어나왔다. 진하게 붉은 피가 스며 있었다. 대리석 바닥에 떨어진 그것을 바라보며 소년은 가만히 혀끝으로 이빨을 빼낸 자리를 더듬어보았더니 냇가 바위틈에 낀 이끼처럼 너덜거리는 잇몸이 느껴졌다. 비릿한 맛이 입안을 감돌았다.
「거즈 주실 거죠?」
한참 만에야 간호원이 말했다.
「……알았다」
새로 거즈를 물고 진찰실을 나서자 기다리던 소년의 아버지가 빙긋이 웃어보였다.
「어때? 견딜 만하지?」
소년은 아버지의 손을 잡고 밖으로 나서며 말했다.
「엉덩이가 너무 커요」
「뭐라구?」
「간호원 누나요. 엉덩이가 너무 크다구요」
「너 간호원 누나를 놀리려고 그런 거라면 그만둬라. 여자가 엉덩이가 큰 건 당연하니까」
　「그게 아니에요, 아빠가 안 보일 정도였다구요」
　남자의 손길이 소년의 머리를 헝클며 그들은 담배 가게 표
지판 앞을 지나쳤다.

# 담배 가게 표지판들

「학교에서 돌아왔는데 이모가 와 계셨어요. 아버진 제가 이모를 얼마나 미워했는지 모르실 거예요. 전 이모가 나타났기 때문에 어머니가 사라진 것으로 생각했으니까요. 어머닌 끝내 나타나지 않으셨어요」

「차라리 난 네가 애비가 엄마를 감춰두고 꺼내놓지 않는 것이려니 생각했으면 싶었다」

그게 가능했더라면 아버진 정말로 그렇게 했을 것이라는 생각이 들었다. 감춰두고 절대로 꺼내놓지 않았을 것이었다. 그러나 아버진 가장이었고, 가족의 생계를 위해 출근을 해야만 했다. 그것이 어머니를 옆에서 지켜주지 못한 아버지의 괴로움이었다.

「다시는 어머니가 나타날 수 없다는 건 저도 알고 있었어요. 하지만…… 그래도 이모는 미웠어요. 제 화풀이 대상이 이모였던 거예요. 결국은 이모를 쫓아내다시피 보냈죠. 후로 어머니에게 무슨 일이 벌어진 것인지 아버지도 말씀하지 않으셨고 저도 묻지 않았어요. 그러다가 오래된 신문 뭉치에서 어머니의 사건을 발견했어요. 아버지 책상 서랍에서 말이에요. 아버진 언젠가는 제가 그 책상 서랍들을 뒤지게 되리라는 걸 알고 거기다 그 신문 뭉치를 넣어놓으신 거였어요. 그게 제가 고등학교 2학년 생활 기록부 장래 희망란에 〈치과 의사〉라고 적어넣은 그 해였어요」

치과 의사가 되고 싶었던 그해 그는 자전거 바큇살 두 개를 갈아주는 것으로 새학년을 준비했다.

「그래, 그랬구나……. 하지만 내가 들은 것 중에 네가 마지막으로 되고 싶어했던 건 설치 미술 쪽이 아니었니?」

그는 DDD 동전 투입구를 100원짜리 동전으로 톡톡톡 두들기며 말을 빨리 했다.

「설치 미술가가 되고 싶기 훨씬 이전이었어요. 이삼 년쯤 말이에요」

「치아 때문에 고통을 당해 본 사람이라면 네가 왜 그런 꿈을 갖게 되었는지 이해할 테지」

도로 건너편 신호 대기 앞으로 한 무리의 중년 여자들이 신호가 떨어지기를 기다리고 있었다. 그는 그녀들이 횡단 보도를 어떤 식으로 건너 어디로 사라질지를 이미 알고 있었다.

「하지만 그건 사람들이 그 문제에 대해 나만큼 걱정하지 않는 것 같아 그래 본 것뿐이었어요」

아버지의 웃음소리가 수화기를 통해 흘러나왔다.

「여행은 어떠니?」

「다 좋아요, 그런데 아버지. 오래전부터 말씀드리고 싶었던 게 있어요. 담배 가게 표지판에 대해선데…… 정확하게 뭐라고 말씀드려야 좋을지 모르겠지만……, 어머니가 집에 안 계시기 시작하면서부터 제 귀가 시간이 늦어지는 까닭을 알고 있는 건 담배 가게 표지판들뿐이었어요. 담배 가게 표지판들을 따라 생각 없이 걷다 보면 어느새 전 낯선 동네, 낯선 사람들 틈에 서 있었으니까요. 어떤 담배 가게 표지판들은 저를 세상 구석으로 내몰았고, 또 어떤 담배 가게 표지판들은 저를 세상 한가운데로 끌어들였어요」

「넌 좀…… 이상한 아이였어. 그게 네 엄마가 자리를 비운 공백인 것만 같아 난 늘 죄인이라는 생각이 들었다」

「그렇지 않아요. 아버진 지금까지 최선을 다한 거였어요」

「……아니다. 난 그렇게 말할 자신이 없어」

「아뇨, 그런 말씀을 드리자는 게 아니에요. 그건 사고였어요. 어머닌 사고로 돌아가신 거라구요. 아버진 그 시간에 직장에 계실 수밖에 없었어요. 아시잖아요? …… 아버지도 이젠 아버지 인생을 사셔야 돼요」

하지만 그것은 사건이었다. 책임질 사람도, 책임을 물을 사람도 없는, 그래서 사고처럼 되어버린 사건이었다.

「……」

녹색 신호등이 들어왔다. 여자들은 모두 횡단 보도를 뛰다시피 건넜다. 녹색등 신호가 불과 5초도 안 되는 것 같았다. 그가 통화를 하는 동안 매번 사람들이 그랬던 것처럼 여자들은 모두 목적지가 한 곳이기나 하듯 공중 전화 부스를 지나 담배 가게 표지판이 내걸린 문구점들이 늘어선 왼쪽 골목으로 사라졌다.

「제 말 듣고 계세요, 아버지?」

「그래」

「……오늘은 서른두 개의 담배 가게 표지판들을 발견했어요. 그것들을 발견할 때마다 전 자전거에서 내려 한참씩 바라보곤 했어요. 그때나 지금이나 그것들은 마치 어떤 미지의 세계로 드나들 수 있는 열쇠처럼 거기 매달려 있어요. 저를 미지의 세계로 끌어들이는 수없이 많은 작은 문들이죠. 죄송해요, 아버지. …… 이런 식으로밖엔 말씀드릴 수가 없어요. …… 이젠 그만 끊어야겠어요. 내일 다시 걸게요. 사람들이 줄을 서 있거든요」

「그래, 내일 이 시간에 다시 전화하거라」

수화기를 내려놓고 그는 사람들에게 목례를 해보이며 공중 전화 부스를 나섰다. 티가 땀에 젖어 몸에 착 달라붙어 있었다.

# 서기 2000년대의 햄버거의 죽음

그가 햄버거의 죽음을 목격한 것은 고등학교 2학년 첫 데이트 때의 일이었다. 햄버거와 음료를 파는 셀프 서비스점으로 출입문 오른쪽 옆 벽에 담배 가게 표지판이 나붙은 집이었다. 그가 처음으로 사람을 만난다는 게 쉽지 않은 일임을 일깨운 장소이기도 했다. 약속이 만남을 더욱 어렵게 만들어놓은 것 같았다. 적어도 그날의 약속은 그랬다.

약속 시간이 지나고 나서도 한 시간 반을 더 버텼지만 상대는 나타나지 않았다. 머지 않아 이런 일도 익숙해지겠지 싶은 생각으로 자리를 일어서던 그는 혼자 자리를 차지하고 있었던 게 마음에 걸려 주문을 했다.

「햄버거 주세요. …… 두 개요」

불쑥 두 개라는 말이 튀어나왔다.

「오래 기다린 것 같은데 하나면 어떻겠냐?」

50대쯤 돼보이는 주인 남자가 말했다. 두 개를 시켜놓고 또다시 눌러앉게 될까 봐 하는 말이라는 생각이 들어 그는 눈살을 찌푸리며 말했다.

「……먹고 금방 일어설 거예요」

그러자 주인 남자는 어색한 표정을 걷어내며 말했다.

「오해 말아라. 난 네가 두 개를 달라고 하지만 않았어도 말을 걸지는 않았을 거다. …… 여자들이란 게 알 수가 있어야지. 기회는 또 있어」

얼굴을 붉히며 그가 말했다.

「좋아요. 하나만요」

「그렇다면 우유는 내가 한 잔 사지」

그가 미처 대답을 하기도 전에 주인 남자가 다시 말했다.

「내게도 물 건너간 경험이 있어서야」

남자는 자신의 경험이 형편 없는 것인 양 말을 이었다.

「삼십 년이 넘은 지금도 난 그 여자 소식을 기다리고 있거든. 이미 끝난 일이라는 걸 알고 있지만 말이야. …… 죽지 않았다면 아마 저 위쪽에 살고 있을 테지」

「어디 위쪽이요?」

「북에. …… 6·25가 나기 전까지 우린 한 동네에서 살았어. 전쟁이 나자 함께 남쪽으로 피난을 떠나려고 했는데 그녀가 고집을 피웠지. 내가 받아놓은 거라고는 뒤따라오겠다는 다짐뿐이었어. 만약 그때 이후로 다시는 못 만나게 되리라는 걸 알았더라면 그런 고집은 피우지 않았을텐데. 어딘가 살아 있다면 그 여자도 그런 생각을 할 거야」

그러나 마지막 말은 왠지 자신이 없어 보였다.

그로부터 사흘 후에 그는 여자애로부터 다시 만나자는 연락을 받았다. 그 애는 짤막하게 미안하다는 말과 함께 앞으로는 절대로 약속을 어기지 않겠노라는 다짐까지 했다. 그들은 똑같은 장소, 똑같은 시간에 만나자는 약속을 했다.

그는 약속을 깨뜨릴 그만한 이유들을 어림해 보며 두번째로 햄버거집을 향해 걸었다.

하늘은 잔뜩 찌푸려 있었다. 처음부터 비가 왔으면 좋았을 날씨였다. 그런데 뭔가 잘못돼 있었다. 그들이 만나기로 한 그 햄버거집은 셔터가 내려져 있었고, 거기엔 16절지에 휘갈겨 쓴 발인 안내문이 붙어 있었다. 햄버거집 주인 남자의 죽음이었다. 처음 그 글귀를 본 그는 삼십오 년이란 세월 끝에 마침내 부패해 버린 햄버거 속에 끼워진 햄을 떠올렸다. 그것은 햄버거의 죽음이었다. 그렇지 않고서는 믿기지가 않았다.

발인지는 그곳에서 네 블록쯤 떨어진 곳이었다. 그는 그날의 데이트 비용에서 반 정도를 떼어 국화 꽃다발을 샀다.

시간에 맞게 약속 장소에 나타난 여자애는 문이 닫혀 있는 것을 보고 놀라 말했다.

「왜 이래?」

「죽었어. 햄버거집 주인 남자야」

여자애는 그 죽음이 첫 만남에 차려입고 나온 자신의 옷가지에 오물을 튀기기라도 한 것처럼 찌푸린 얼굴로 앞자락을 털었다. 소매에 꽃 장식 레이스가 달린 엷은 녹색 실크 블라우스였다. 여자애가 다시 물었다.

「그 꽃은 뭐야?」

「여기 적힌 집을 찾아가 볼 생각이야. …… 꽃을 전해 주어야 할 것 같아서」

「아는 분이였어?」

「지난번…… 너를 만나기로 했던 날 처음 알게 됐어」

「그래서……?」

「……함께 가기 싫으면 여기 있어도 좋아. 다른 데 가 있던가. 난 상관없어」

「오래 있을 거야?」

「아니. 꽃만 전해 주고. 꼭 그러고 싶어서야」

그들은 걸어서 그 집을 찾아갔다. 도중에 비가 내리기 시작했는데 우산을 써야 할 정도는 아니었다. 우체국 건물이 있는 도로변으로부터 그리 멀지 않은 거리로, 여자애가 입고 온 옷 색깔보다 훨씬 짙은 녹색 대문의 이층집이었다. 그가 꽃을 전해 주고 나오는 동안 여자애는 문 밖에서 기다리고 있기로 했다.

조문객들은 많지 않았다. 그러나 꽃은 들어서는 대문 입구 양편으로부터 집 안뜰에 이르기까지 수없이 많았다. 그가 들고 간 꽃다발이 초라하기도 했지만 꽃다발을 놓아둘 만한 마땅한 장소조차 없었다. 누군가 다가와 도움을 주지 않았더라면 그는 끝내 꽃을 놓아둘 장소를 찾지 못했을지도 몰랐다.

그에게 다가온 남자는 돌아가신 분의 조카 되는 사람이라고
자신을 소개했다.
　그는 꽃다발을 건네고 곧바로 돌아설 생각이었다. 그러나
그때까지만 해도 부드러웠던 남자의 시선은 그가 몸을 돌려세
우려 하자 마치 자신이 모르고 있는 어떤 부정을 추궁해 내려
는 듯한 눈길로 바뀌어 있었다.
　「……약속이 있었어요. 아저씨 햄버거집에서요. …… 그런
데 그날 아저씨가 제게 우유 한 잔을 샀어요」
　그러나 남자는 마치 우유 한 잔이 어쨌다는 거지?라고 되
묻는 듯이, 그게 돌아가신 분 집까지 찾아와 해야 할 만큼 중
요한 말인지 의아해하는 눈길을 보내오고 있었다. 그로서도
알 수 없는 일이었다. 마치 셀프 서비스점 셔터문 옆 벽에 담
배 가게 표지판이 붙어 있어야 하는 어떤 진정한 이유가 있는
것인지 알 수 없는 것처럼……. 어색한 시간 끝에 그는 건성
으로 질문을 했다.
　「그분 가족은 없나요?」
　「없어, 직계 가족은. 결혼 안 했으니까. …… 심장 마비야」
　남자는 얼굴을 찡그리며 말했다.
　밖으로 나섰을 땐 빗줄기는 좀더 굵어져 있었다. 머리칼에
송골송골하게 맺힌 땀방울 같은 물기를 매단 여자애가 대문
근처에 서 있었다. 조금은 맥이 빠진 듯이 보였다. 여자애의
입술은 굳게 닫혀 있었다.
　갈 곳을 정해 둔 것은 아니었지만 그들은 왔던 길을 되짚

어가고 있었다. 동심원들로 이어진 보도는 떨어지는 빗방울들의 파문처럼 보였다. 가로수와 상호들과 유리창이 많은 건물들을 지나 그들은 처음 만났던 담배 가게 표지판 아래로 돌아와 있었다.

「왜 한마디도 안 하는 거지?」

곱슬곱슬하게 젖은 머리칼을 쓸어올리며 여자애가 말했다.

「어. 그저……」

「지난번에 내가 약속을 안 지킨 것 때문이야?」

「아니야. 그건 끝난 일인데」

「그런데 왜 그래? 빗속에서 아무 말도 안 하고 벌써 한 시간 가까이 날 끌고 다녔잖아? 그것도 사람이 죽은 집에. 뭐하자는 거야? 도대체 이게 뭐야? 내 꼴이 이게 뭐냐구?」

여자애의 작은 입에서 한꺼번에 너무 많은 질문들이 쏟아져나왔다.

고개를 들자 하늘은 잔뜩 찌푸려 있었다. 처음부터 비가 왔으면 좋았을 날씨였다. 그런데 뭔가 잘못돼 있었다. 햄버거집은 셔터가 내려진 상태였고, 거기엔 16절지로 된 발인 안내문이 붙어 있었다. 햄버거집 주인 남자의 죽음이었다. 그는 또다시 햄버거의 죽음을 생각했다.

뭔가 한 가지씩은 늘 부족했다는 생각이 떠올랐다. 햄버거집 주인 남자가 있을 땐 여자애가 없었고, 여자애가 나타나자 햄버거집 주인 남자는 죽고 없었다. 그 사이에는 꼭 햄버거집 주인 남자의 한 여자에 대한 삼십 년이 넘는 기다림이 자리하고 있는 것만 같았다.

「이 집 주인 아저씨가 나한테 말했어. 어떤…… 여잘 삼십 오 년 동안이나 기다려왔대」

「왜?」

그는 여자애의 몸뚱이가 의문 부호로 만들어졌을지도 모른다는 생각을 했다.

「……만나기 위해서」

「그 여자가 누군데?」

「아저씨가 사랑하는 여자였는데……」

여자애는 안색까지 창백해져 있었다.

「그게 우리하고 무슨 상관이 있다는 거야?」

그는 여자애의 머리칼에 송골송골하게 맺힌 빗방울을 바라보며 국화꽃을 사는 일부터 다시 시작해야 할지도 모른다는 생각을 했다.

「그럼 너하고 나하고도 삼십 년 후에나 만나자는 말이야?」

그가 미처 무슨 말을 꺼내기도 전에 여자애는 돌아서 버렸다. 삼십 년 후면 서기 2010년대였다. 만약 그 시대가 도래해서도 여전히 이곳 담배 가게 표지판이 나붙은 셀프 서비스점의 햄버거들이 죽어나간다면 그는 또다시 국화 꽃다발을 사야 할 거라는 생각을 했다. 담배 가게 표지판이 그때까지도 이곳 출입문 벽을 지키고 있다면.

# 염소에게는
# 얼마만큼의 초지가 필요한가

평생을
세속의 숫자와 씨름하다
마침내 여기,
1989.3.27.이란 숫자를 덮고
잠이 든
1970년 생 염소 주인을 기리며……


「오던 길에 저 앞 산자락에서 이상한 묘비를 발견했는데, 1970
년 생 염소 주인이 어째서 그런 숫자를 덮고 잠들어야 했는지
궁금하군요?」
　도수 높은 안경을 쓴 가게 주인은 그에게 캔 콜라와 백솔

한 갑을 내밀며 달갑지 않은 표정을 지었다. 도수 높은 안경을 쓰고 있었지만 자신과 같은 또래의 나이다 싶어 그는 주인 남자가 입을 열기를 기다렸다.

「나도 자세히는 몰라요. 방학이 되어 집에 내려와보니까 그런 묘비가 생겼더군요」

「이 동네 분이시군요」

「예. 제가 어렸을 땐 굉장했어요. 삼촌이죠. 동네 아이들한테 그 사람은 계집애, 사내 가릴 것 없이 삼촌이었어요. 아시죠, 그런 삼촌?」

그러더니 남자는 얼굴을 붉히며 말을 이었다.

「난 그 사람한테 자위 행위라는 걸 배웠답니다」

「알 것 같습니다」

「……알코올 중독자였어요. 틈틈이 승복을 입고 중 노릇도 했는데 완벽한 자연이 인간에게 치유 불가능한 질병을 주었으리라고는 믿지 않은 사람이기도 했죠. 게다가 염소에 대해 수많은 정보도 가지고 있었어요」

「염소에 대한 정보라구요?」

그가 표정을 바꾸며 묻자 주인은 조금은 실없어 보이는 표정을 떠올렸다.

「나중에 가서야 그게 긴가민가 싶은 생각이 들었지만 신기하게도 입에서 입으로 전하는 소문들까지도 그가 꿰맞춰 놓기만 하면 모두가 정보 같아보였어요. 동네 분들의 말에 의하면 죽기 얼마 전까지 그 사람은 암 연구에 뛰어들어 마늘의 항암

효과를 밝혀내기 위해 술로 온통 분화구처럼 헌 자신의 위장을 실험삼아 학대했다고 하더군요. 그 사람이 알코올 중독자로 밝혀지기 전까지만 해도 방금 전에 말씀드린 그런 정보로 말미암아 그를 추앙하는 몇몇 사람들이 절대자의 자리로 추켜세운 것이지요. 사이비 교주 같은 것이었을 거라는 짐작은 가지만 확인해 본 것은 아니지요. 강요받은 측면도 없지는 않았을 겁니다. 그 호시절에 그는 가족을 떠나보냈는데, 절대자로부터 남들보다 더 끔찍한 고통을 겪어야 하는 자리로 나앉아서야 가족한테로 돌아왔는데 누가 반겨주겠어요. 자식들조차 그를 거들떠보지 않았으니까요」

「어떻게…… 절대자가 될 수 있었을까요?」

「스스로의 말로도 술의 힘이었다는군요. 나도 본 적이 있는데 취하면 염불이 저절로 흘러나왔어요. 그게 진짜인지 가짜인지 아는 사람은 없었지만…… 물론 나름대로 비상한 측면이 없지 않았던 것도 아니죠. 아까 말씀드린 정보도 그런 것이었으니까요」

「정보요……」

콜라 캔 뚜껑을 열며 그가 나지막하게 중얼거렸다.

「소리내어 울지는 않았지만 눈물을 흘리며 죽어갔다고 그러더군요. 태어날 때처럼 울면서 숨을 거둔 사람이죠」

「한 대 피우시겠습니까?」

그가 담뱃갑을 내밀자 주인은 고개를 저었다.

「안 피웁니다. …… 여행중인가 본데 거기 좀 앉아서 쉬죠」

　그가 그 영천 가게 의자에 앉아 담배를 피우며 주인으로부
터 들은 이야기는 이러했다.

　1970년 5월 15일, 쌀 세 말에 염소를 사들인 1970년 생 염
소 주인은 먼저 장에 나가 염소의 목을 묶어 놈을 통제할 수
있는 가죽 목사리와 줄을 사왔다. 그리고 매일 아침 식사 전
그는 염소를 끌고 이슬에 젖은 논둑과 얕은 개울을 지나 마을
의 남쪽 끝에 있는 조그만 숲으로 갔다. 그곳은 집게벌레와
어른 검지 손가락 둘째 마디 크기의 말벌들이 사는 고목의 참
나무가 열다섯 그루쯤 서 있는 둔덕이었다. 그는 그곳 참나무
에 염소가 빙빙 돌아도 줄이 감기지 않도록 굵은 철사를 참나
무 밑동에 감은 다음 그 철사 매듭에 줄을 맸다. 주위엔 염소
가 좋아하는 억새풀이 면도날 같은 잎사귀를 드리우고 있었
고, 자잘한 아카시아와 갈참나무, 찔레덩굴도 있었다.
　염소가 끌고 다니는 줄의 길이는 4미터였으므로 움직일 수
있는 공간은 반지름이 4미터짜리 원이었다. 생후 40일밖에 안
된 1970년 생 염소로 볼 때 반지름 4미터 내의 풀은 하루 몫
으로는 조금 많을 듯도 싶었다. 그러나 그는 한 달만 지나도
사정은 금방 달라질 것이라고 생각했다.
　그곳은 대략 열 군데 정도 염소를 옮겨 맬 수 있는 넓이였
는데, 한번 풀을 뜯긴 자리가 다시 염소를 매도 좋을 만큼 풀
이 자라는 데는 대략 보름이 걸렸다. 그렇다면 그곳 숲에 계
속해서 십 일 동안 염소를 매놓았다면 후로 오 일은 공백 기

간을 두어야 한다는 결론이었다. 1970년 생 염소가 걱정 없이 풀을 뜯으려면 그 반만한 넓이의 또 다른 숲이 필요했다. 그런데 염소가 실하게 자라 팔 개월 이전에라도 발정을 시작해 새끼라도 딸릴 땐 문제가 심각했다.

　그가 사는 마을에는 1970년 생 염소 말고도 여섯 마리의 염소가 더 있었다. 그중 수놈은 한 마리였고, 새끼 염소 두 마리와 당장이라도 새끼를 낳을 수 있는 암염소가 세 마리였다. 그들 여섯 마리의 염소가 그에겐 아주 골치 아픈 문젯거리였다. 그의 생각은 이랬다.

　우선 일곱 마리의 염소가 풀을 뜯기에는 동네에 있는 초지가 부족했다. 마을에서 초지 문제로 충돌이 벌어진 적은 없었지만 다들 아침마다 염소를 끌어다 맬 장소로 신경이 날카로워지는 것은 사실이었다. 그가 1970년 생 염소를 끌어다 매는 장소는 그의 집 가까이에 있는 곳이라서 1970년 생 염소가 차지해도 상관없었지만 그 반대편에 있는 그보다 좀더 큰 숲은 그의 염소 차지가 될 수 없었다. 동네 구석구석까지 작물들이 자라고 있어 염소 한번 매기가 여간 눈치 보이는 일이 아니었다. 벼 농사를 망칠 생각이 아니고서야 논둑에다 염소를 맬 수도 없는 노릇이었다. 하천 제방이나 잡초가 무성한 과수원 같은 땅이 인근에 있다면 좋았을 테지만 그렇지도 못했다. 물론 풀을 베어다 주면 문제는 간단했다. 그러나 그것은 사람과 염소 모두에게 불만스러운 일이었다.

　밭둑을 비롯해 몇 군데 염소를 맬 만한 장소가 있기는 했지만 언제 새끼가 딸릴지 모르는 세 마리의 암염소를 비롯해 일곱 마리의 염소가 풀을 뜯기에는 어쨌든 부족한 초지였다. 게다가 1970년 생 염소 또한 일 년만 지나면 어엿한 새끼를 달고 나설 것이며, 새끼는 또다시 새끼를 번식시킬 것이었다. 그렇게 된다면 초지 확보는 심각한 문제가 될 것이며, 얼마 지나지 않아 염소를 가진 사람들끼리 멱살을 움켜쥐는 불상사까지 벌어지게 되리라고 그는 생각했다. 전국 어디에서도 염소를 한두 마리씩 가진 농가들이 초지 분쟁에 휘말려 마을에서 공동으로 몇 마리의 염소를 쫓아냈다는 이야기는 없었지만 그는 자신의 1970년 생 염소 가계표를 작성해 본 끝에 그런 결론을 내렸다.

1970년 생 염소가 하루 소비하는 초지 면적은 염소를 맨 줄이 4미터이므로 원 넓이를 구하는 공식에 대입하면,

$$4 \times 4 \times 3.14 = 50.24 m^2$$

참나무 숲의 초지 면적은 대략 직사각형 꼴로 만들어 계산해 보면,

$$2 \times 16 = 512 m^2$$

그러므로 1970년 생 염소가 참나무 숲에서 풀을 뜯을 수 있는 기간은,

$$512 / 50.24 ≒ 10일$$

그런데 풀을 뜯긴 초지가 다시 염소가 풀을 뜯을 수 있을 만큼 자라나는 기간은 대략 십오 일이므로 오 일간의 공백 기간이 생겼다. 또한 문제의 심각성은 1970년 생 염소가 새끼를

낳기 시작할 때였다.

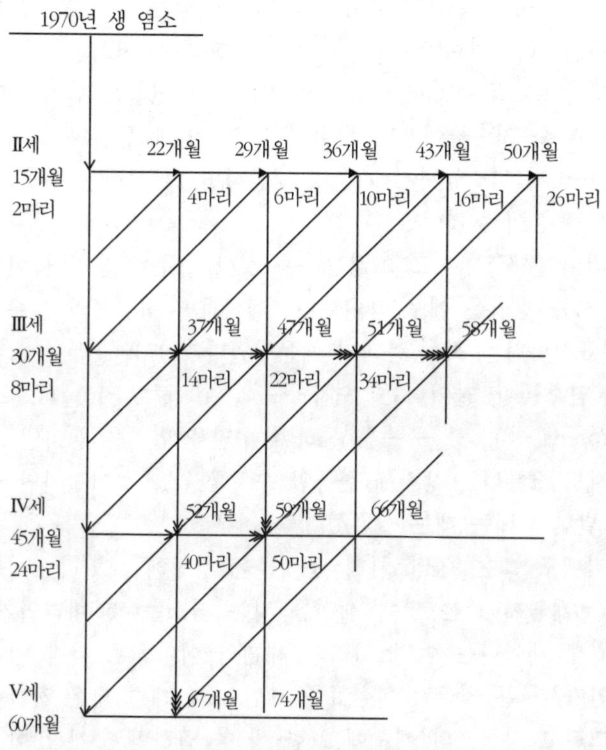



*표를 보는 방법 : 빠른 경우 염소는 생후 7개월이면 발정을 시작하며, 임신 기간은 150일이고, 한번에 1-3마리의 새끼를 낳음. 단, 여기서는 1970년 생 염소가 생후 10개월 만에 임신, 5개월 후 암수 한 쌍의 새끼를 낳는 것으로 가정한 것임.

　가계표를 보면 1970년 생 염소가 생후 4년 4개월(52개월)만에 모두 마흔 마리의 자손을 거느리게 되는 것으로 나타나 있었다. 그리하여 4년 4개월 후의 필요한 초지 면적은,

　50.24×40＝20009.6m²가 될 것이었다. 그 면적은 단지 1970년 생 염소 자손들에게만 국한시킨 경우인데 동네의 나머지 여섯 마리의 염소들까지 계산해 넣는다면 그 면적은 기하 급수적으로 불어날 것이었다.

　시간이 거꾸로 흐르지 않는다는 것만 염두에 둔다면 가계표를 보는 방법은 매우 용이했다. 왜냐하면 화살표의 개수가 매 좌표점마다 누적 증분되기 때문이었다. 1970년 생 염소 주인은 염소들이 불어나는 수치――2, 4, 6, 8, 10, 14, 22, 24, 26, 34, 40, ……――를 통하여 수열을 법칙을 끌어낼 수 있을지도 모른다는 생각에 한동안 수치를 잡고 늘어졌지만 규칙을 발견해 내는 데는 실패했다.

　그밖에도 그는 여러 가지 문제들을 상정해 보았다. 예를 들면 49개월째 되는 달에 새끼를 낳는 염소는 몇 마리인가? 51개월째 태어나는 여덟 마리의 새끼의 어미들은 각각 어떤 놈들인가? 물론 빗금과 화살표를 보면 그에 대한 답은 간단했다. 그리고 화살표의 개수에 2(한 쌍)를 곱하면 52개월 이후로 늘어나는 염소의 마릿수는 가히 폭발적임을 알 수 있었다.

　마침내 가계표를 들여다보던 그가 소리쳤다.

　「1970년 생 염소 만세!」

　1970년 생 염소 주인은 가계표를 완성하고 나서야 언제나

한 가지씩은 어긋나기만 했던 자신의 삶에 대한 믿음과 용기를 가졌다. 그러고는 동네가 모두 염소로 들어차는 끔찍한 경우까지 생각했고, 곧바로 1970년 생 염소 가계표를 들고 동네 염소 주인들을 찾아나섰다.

그가 제일 먼저 찾아간 염소 주인은 세 번이나 염소 실종 신고를 냈던 65세 된 할아버지였다. 그 노인이 세 번씩이나 염소 분실 신고를 냈던 것은 기억력과 관계가 있었다. 노인의 기억력은 시력으로 치자면 근시에 가까웠다. 두 번은 자신이 염소를 끌어다 맨 장소를 달리 기억한 경우였다. 노인의 증언대로 염소는 감쪽같이 증발해 버렸다. 경찰들이라고 해서 노인의 기억력을 되돌려놓을 수는 없었다. 모두가 심심한 위로의 말을 남기고 돌아간 후 노인은 땅에서 솟아났다고밖에 할 수 없는 장소에서 풀을 뜯고 있는 염소를 발견했다. 세번째 실종 신고 땐 경찰들도 마지 못해 염소를 찾아나섰는데, 그동안 있었던 두 번의 경우를 떠올려 온 마을을 다 뒤졌지만 염소는 없었다. 노인은 땅을 치며 통곡을 했고, 경찰들도 이번엔 정말이다 싶어 안쓰러운 표정을 지었지만 어쩔 수 없는 일이었다. 그런 노인이 염소를 되찾은 것은 서른두 시간 만인 다음날 아침이었다. 염소는 노인의 집 염소 우리에 천연덕스럽게 배를 깔고 누워 있었는데, 그도 그럴 것이 노인은 염소를 밖에 끌어다 매지도 않았던 것이었다. 염소 우리에 염소를 놔두고 밖으로 찾아나선 꼴을 당한 경찰들은 후로 노인이 파출소 근처에 나타나기만 해도 슬금슬금 자리를 피했다.

그런 노인 앞으로 1970년 생 염소 주인이 가계표를 들이밀자 노인은 숫자와 계산, 수식들에 질려 보려고 들지도 않았다.

「그러니께 요지가 뭐여?」

「염소가 뜯을 초지가 부족허단 말이죠」

1970년 생 염소 주인은 자신보다 자신의 말을 더 믿게 만들고 싶었지만 동네 사람들은 그가 벌인 중 행각이 돌팔이였음이 들통난 후로는 으레 상식 밖의 사람이려니 하는 눈길을 보내 그를 곤혹스럽게 했다.

「초지가 부족혀? 아, 눈뜨면 보이는 게 풀인디?」

「허허……. 최부자댁 곳간이 비어서 지난해 봄 팔푼이 뚝배가 굶어죽은 게 아니잖요」

「그건 또 무신 소리여?」

「보이는 게 풀이라고 혀서 모두 염소가 먹을 수 있는 게 아니라 이 말이요」

「……지금꺼정은 아무 문제 없었잖여?」

「할아버지가 염소를 팔면 문제는 없죠」

「예끼, 이 사람! 시방 무신 애길 하능겨? 새끼 벌려고 하는 염소를 팔란 말여?」

「그러니까 이건 얼마 안 있어 커다란 문제가 될 거라 말입니다」

「글씨……. 자네가 허튼 소릴 하능게 아니먼 좋것는디……」

그러나 노인의 표정은 변화조차 없었다. 그런 반응은 다른 다섯 마리 염소 주인들도 마찬가지였다. 그들은 1970년 생 염

소 주인이 내민 이상한 자료와 언질을 참을성 있게 들어주었
고, 곧 잊어버렸다. 오늘은 어제의 반복이라는 것을, 올 여름
또한 지난해 여름의 반복임을 그들은 경험을 통해 알고 있었
다. 그리고 또한 그들은 1970년 생 염소 주인이 아주 정신나
간 짓거리를 벌이고 있다고도 생각지 않았다. 숫자라는 것은
마력처럼 불어나기도 하는 것이어서 미혹을 불러일으키기도
하지만 아이들이 학교에서 배우는 산수처럼 분명 어딘가 쓸모
는 있을 것이었다. 그리고 자기 집 염소는 염소대로 자라날
것이었다. 눈에 보이는 것은 숫자가 아니라 염소였다. 그것들
은 계산이고 자시고 할 것도 없이 염소 우리에서 매애! 매애!
울어대고 있는 것이다.

1970년 생 염소의 가계표가 빗나가기 시작한 것은 첫배 새
끼를 낳았을 때였다. 주인은 먼저 수놈 한 마리의 새끼를 보
았다. 그러고 나서 두번째 놈이 태어나기를 기다렸지만 두번
째 새끼는 끝내 태어나지 않았다. 1970년 생 염소가 한 마리
의 수놈을 낳았다는 것이 그에겐 거의 믿기지 않는 일이었다.
마땅히 태어났어야 할 암놈 한 마리 때문에 1970년 생 염소
가계표는 거의 휴지 조각이나 다름없는 것이 되고 말았다. 그
는 그 충격을 삭이며 가계표에 뭔가 새로운 표식을 기입하지
않으면 안 되었다. 흔한 방법대로 그도 X표를 기입했는데, 가
계표에 늘어가는 X표만큼이나 그의 주량도 늘어갔다. 그는 X
표를 기입해 넣을 때마다 마치 눈앞에서 염소를 도둑맞는 것
만큼이나 당혹스러웠다. 어느새 그것은 사라진 염소 가계표가

되어가고 있었다. 1970년 생 염소 주인의 삶은 매번 그런 식
으로 원점으로 돌아와 있는 자신을 발견하는 것으로 끝을 맺
었다.

그는 영천 가게 담배 가게 표지판을 지도에 기입해 넣고
자전거에 올랐다.

# 또 다른 성

지난 삼 년 가까이 그가 라디오 스위치를 켜고 음악을 들어본 적은 한번도 없었다. 그러니까 삼 년 그 이전인 1980년대 중반까지 그는 라디오를 끼고 살다시피 했었다. 엘비스 프레슬리의 「기타 맨」은 그가 처음으로 악기에 대한 관심을 갖게 해준 노래였다. 그는 그 노래만 흘러나오면 아무 물건이나 손에 들고 기타를 치는 흉내를 냈다. 그러면 그의 가까운 친구들은 대놓고 이런 말들을 주고받았다.

「쟤 요즘 그렇지?」

「그래. 이제 거의 다 간 것 같아 보이는데?」

닐 다이아몬드의 「스위트 캐롤라인」은 그가 정말 열심히 따라부르던 노래였다. 「스위트 캐롤라인」을 발음까지 완벽하게 따라부를 수 있게 되었을 때 친구들은 마침내 그가 미쳐버렸다는 결론을 내렸다. 그리고 그 이듬해인 솔 골든 라이트가 발매되기 시작한 1987년, 그의 친구들 사이에선 「완전히 갔어」라는 말이 대 유행을 했다. 그는 틈만 나면 솔 골든 라이트를 사기 위해 신리 주유소를 향해 자전거 페달을 밟았다. 지금까지도 그는 그 말을 듣게 되면 그들만의 열여덟 살 세계를 고스란히 떠올릴 수 있었다. 달리는 시내 버스에서 갑자기 뛰어내리고 싶어지던 열여덟 살의 나이를…….

「난 완전히 갔어」

그들이 공유한 열여덟 살 공간은 경주용 자전거를 타고 시내를 질주하는 일로 가득 찼다.

「걔네들 완전히 갔더라」

열여덟 살에 그들은 모두 그렇게 가버렸다. 부모의 간섭 없이 알코올과 카페인, 니코틴을 마음놓고 섭취할 수 있는 스무 살을 기다리며.

당시 그는 삼류 팝송 잡지 《니키》를 정기 구독하고 있었는데 잡지사의 사정에 따라 나오다 안 나오다 하는 잡지였다. 상호 〈니키〉는, 이미 오래전 전설 속으로 숨어버린 유명 여가수의 애칭이기도 했다. 그러나 여가수 니키의 가슴이 삼류가 아니었듯이 모든 부분이 다 삼류는 아니었다. 이를테면 「손규식의 뮤직 칼럼」이란 지면이 있었는데 그조차도 질이 들쭉날쭉해서 매번 나쁘기만 한 것도 매번 좋기만 한 것도 아니기는 했다. 그러다 한번은 악기에 대한 이런 설명을 대한 적이 있었다.

〈음악을 연주하는 사람들에게 악기란 제2의 성(性)이다. 우리 몸에 부여된 성은 성숙기에 접어들면 이성과 만났을 때라야만 100프로 기능을 발휘할 수 있다. 그 성은 사랑이라는 함수에 의해 조율된다. 그러나 악기의 경우는 좀 다르다. 그것은 우리가 외부로부터 받아들이는 또 하나의 성과 마찬가지이기는 하지만 악기는 스스로 노력하지 않는다. 악기는 악기를 다루는 사람에 의해서만 사랑을 끄집어 내보인다. 악기에 대한 사랑의 열병에 빠지지 않으면 악기는 아무것도 보여주지 않는다. 그건 그저 소음을 발하는 천덕꾸러기일 뿐이다.〉

대충 이랬다. 그는 손에 익기 시작한 담배를 피우며 그 잡지를 읽었는데, 악기가 또 다른 성(性)이 될 수 있다는 것 자체가 성에 대한 관념에 혼란을 가져왔다. 남성과 여성, 그리고 물어 물어 알게 된 것이 중성이었는데 또 다른 성이 혼재하다니……. 다음에는 악기가 아니라 석공의 정과 망치가 그것일 것이며, 주정뱅이의 보드카가, 팔순 노인네의 틀니가 그렇게 되지 말라는 법도 없었기 때문이었다. 그놈의 틀니를 침대 속에서 끌어안고 잘 수만 있다면…….
굼베이 댄스 밴드의 「플라이 플라밍고」, 킴 칸스의 「베트 데이비드 아이스」, …… 「앤젤 오브 더 모닝」, 「돈트 랫 미 비 미스 언더스탠드」, …… Angel은 발음상으로 천사란 의미를 가져야 마땅하다고 그가 친구들 앞에서 단언했던 단어였다. 물론 그런 단어가 흔한 법은 아니었다. 아메리칸 드림을

안고, 또는 개인이 속한 정권으로부터 불량 등급을 받고, 그
도 아니면 이런 저런 이유로 조국을 등진 동양인들이 로스앤
젤리스에 뿌리를 내린 것도 그 이름과 무관하지는 않았을 것
이었다. 그리고 산타에스 메랄다는 흑인 특유의 야비하게 가
슴을 쥐어뜯는 식의 음색이었던 것으로 기억하고 있었다. 그
게 어떤 모습일지는 상상이 가지 않았지만 그는 매번 산타에
스 메랄다에게 야비한 방식으로 가슴을 쥐어뜯겼다. 정말이지
어떤 종류의 감동은 예기치 못한 곳에 자리하고 있었다. 잊어
버리지만 않는다면 그런 자리, 그런 순간을 들추었을 때 그는
험프리 보가트처럼 멋지게 담배를 피워보고 싶었다. 당시 세
상은 그가 시거를 물고 바라보지 않으면 안 될 대상이었다.

# 파라솔을 쓴 전봇대와 손수레의 노래

방사형으로 흩어진 교차로에서 폐차장으로 향하는 골목을 따라 200여 미터쯤 올라갔다. 시 외곽으로 도는 샛길치고는 지저분하기 짝이 없었다. 블록으로 된 담을 따라 골목을 거슬러 올라가던 그는 뭔가 잘못됐다 싶어 자전거를 세웠다. 쓰레기 더미로 뒤덮인 공지 바로 앞이었다. 그 공지 한가운데로 파라솔을 쓴 전봇대에 매달린 두 명의 전화국 직원이 보였다.

「여긴 꼭 태풍이 휩쓸고 지나간 자리 같아. 이래 가지고는 새도 날아다니기 힘들겠어」

뚱뚱한 체구의 남자가 말했다. 파라솔은 피복을 벗겨 놓은 채 방치된 전화선들에 빗물이 스며들지 않도록 씌워놓은 것이었다.

「난 전봇대에서 두 번 떨어진 경험이 있는데, 그래도 맨홀 뒤지는 일보단 전봇대가 나아. 위험은 어떨지 몰라도 잔인한 건 맨홀 쪽이란 생각이 들거든. 빠져죽는다는 건 끔찍해. 질식사나 폭발 사고로 바베큐가 되어 버리는 것도 그렇구. 그보단 추락사가 훨씬 그럴 듯하잖아?」

그는 전화국 직원끼리 떠드는 소리를 뒤로 하고 다시 페달을 밟았다. 상가들은 2km 후방에서 끝이 났고 거기서부터는 크기와 구조까지도 흡사한 기와집들이 지그재그로 맞물려 든 골목이었다. 블록 벽을 따라 어지럽게 나붙은 영화 포스터와 구인, 구직 광고들이 보였다. 그러나 어찌된 영문인지 골목은 끝없이 왼쪽으로만 굽어 있었다. 500m쯤 지나 그는 다시 한번 멈춰섰다. 방금 전에 보았던 가슴을 두 손으로 떠받치고 있는 반라의 여배우가 이번엔 오른쪽 벽에서 윙크를 보내오고 있었다. 끝내 오른쪽으로 꺾이는 골목길이 나타나지 않는다면 자신은 하나의 원 안에 갇힌 꼴이 되리라는 생각이 들었다. 아니나 다를까 좀더 거슬러 올라가자 방사형으로 흩어진 처음의 교차로가 나타났다. 엉터리 같은 골목길에 치미는 화를 누그러뜨리며 그는 다시 이정표에 써 있는 대로 조금 전에 지나친 폐차장 쪽으로 향하는 길로 접어들었다. 다시 파라솔을 쓴 전봇대 아래에 이르자 여전히 입심 좋게 떠들고 있는 뚱뚱한 전화국 직원 남자의 말 소리가 들려왔다.

「그건 나도 알지만 자넨 일 나오기 전에 항상 먼저 날씨를 알아봐 두는 게 좋아. 자네 마누라를 위해서 말이야」

「놀리지 마. 앞으로는 절대 그런 일은 없을 테니까」

부서진 현악기 줄처럼 얼크러진 전선들로 하늘은 4B 연필로 장난을 친 낙서장 같았다.

「그래, 이번엔 비가 와도 주임한테 전화걸 일은 없지. 이렇게 파라솔을 씌워놨으니까. 그러면 주임도 자네한테 자네 마누라가 진통중이니 빨리 병원으로 달려가 보라는 말을 전하지 않아도 될 거구」

「하긴 그래, 그때마다 나한테 정말 필요한 건 파라솔이 아니라 콘돔이라는 생각이 들더라구. 하필 주임한테 파라솔을 보내달라고 전화 연락을 할 때마다 마누라 진통이 시작되는 건 또 뭔지 모르겠어」

그가 전화국 직원들 대화 사이로 끼여들었다.

「여기 폐차장 쪽으로 가려면 어느 골목으로 가야 합니까?」

「여기 처음이쇼?」

「예. 자전거 여행중입니다」

「자전거 여행 조오치. 보아하니 학생 같은데 댁이 오늘 세번째야」

「뭐가요……?」

「몇 바퀴나 빙빙 돌다 처음의 자리로 돌아와 있는 스스로에 놀라는 사람들 말이지, 오늘만 벌써 세번째라구」

뚱뚱한 남자 맞은편에서 전선에 고약 같은 테이프를 이겨 붙이던 남자가 말했다.

「골목이 왼쪽으로만 나 있어요」

「그러니까 눈을 뜨고 다녀야지」

「……눈을 감고 자전거를 타는 사람도 있나요?」

「고지식하긴……. 학생이 지금 서 있는 자리에서 오른쪽을 보란 말이야. 그게 골목이 아니면 뭐겠어?」

그제야 그는 쓰레기 더미 사이로 난 작은 길이 오른쪽으로 이어지는 골목이라는 것을 알아차렸다.

「뭐가 보여?」

「예, 보입니다. 감사합니다」

전방을 살피던 그는 자전거에서 내려섰다. 자전거를 타고 지나가기는 힘든 길이었다. 마침 전봇대 위에서도 일이 다 끝났는지 두런거리는 소리가 들려왔다.

「이런 장딴지에 감각이 없는 걸. 요즘엔 이따금씩 내가 몇 살까지 이렇게 매달려 버틸 수 있을지 하는 생각을 하게 된단 말이야」

「엄살떨지 말고 서둘러. 난 지금 소변이 급하단 말이야」

전봇대 주위로 다가가자 역한 냄새가 진동했다. 전봇대에서 먼저 내려선 홀쭉한 남자가 전봇대 앞에서 혁대를 풀고 있었다.

「이런 제기랄! 날 이런 식으로 매달아 놓고 오줌을 누기야?」

「그러기에 빨리 서둘라고 했잖아. 자넨 그 배에서 지금 몸무게의 반 정도는 덜어내야 민첩해질 수 있다구」

「이 사람이 누구 박제시킬 일 있나. 그러면 뭐가 남겠어?」

「……뭔가는……남게——엣지. 으——, 됐어. 내려오라구」

으슥한 골목길에 있는 다른 많은 전봇대가 그러하듯이 파

라솔을 쓴 전봇대는 전선을 떠받치는 일 외에도 하루에도 수
십 차례씩 이곳을 지나는 행인들의 급한 용무를 해결해 주고
있었다.
「고맙습니다」
그가 전봇대 옆을 지나치며 말했다.
「고맙긴 뭘, 조금이라도 높이 올라가 봤던 사람이 길을 알
려주는 건 당연하지」
그들 옆으로 해서 거대한 쓰레기 더미를 지나치자 새로 시
작되는 블록 담 입구에 바퀴살이 붉게 녹슨 손수레가 보였다.
인도 쪽으로 향한 두 개의 바퀴는 납작하게 찌부러들어 오랜
비바람에 쩍쩍 갈라져 있었다. 양옆과 바닥에 깔린 나무 판자
는 바람을 막아줄 만했지만 이제 손수레는 더할 수 없이 늙어
보였고, 이미 삼 년 전 먼지에 섞여 떠돌던 그의 노래는 지금
은 대륙붕의 토사물 속에 갇혀 기나긴 화석의 잠에 빠져들고
있었다. 언젠가는 고고학 발굴 조사단에 의해 발굴될 날을 기
다리는 그의 노래는 이런 것이었다.

우마차가 나보다 더 많은 짐을
실을 수 있는 건 분명하지만
내 주인은 소처럼 길 아무데서나
똥오줌을 싸지는 않는다.
게다가 주인은 그처럼 많은 양의 여물을 먹지 않고서도
민첩하게 움직일 수 있는 발을 가졌고

모서리를 돌기 위해
그처럼 많은 공간을 필요로 하지도 않는다.
내가 우마차를 따돌린 것은 결코 우연이 아니었다.
나는 내 어깨보다도 네 배나 넓은 짐을 실어보았다.
내 키보다 열 배나 긴 짐도 있었다.
스무 배는 더 무거운 짐을 실어나른 적도 있었다.
내 관절은 소의 관절보다 훨씬 빠르고 부드럽게 굴러다녔
으며
견고하기까지 했다.

그러나 그 모든 장점이 있는데도
나는 내 주인을 태우고서는
한 발자국도 움직일 수가 없었다.
내가 주인의 미움을 사게 된 것은 바로 그 때문이었다.
나는 많은 짐을 자동차와 경운기에 빼앗겼고
더러는 나보다 덩치가 작은 오토바이에게도 빼앗겼다.
그들은 내 주인을 태우고서도
나보다 더 빨리 달렸다.
주인이 구멍난 내 장기를 때워 다시 거리로 나설 수 있게
해주지 않은 것도 바로 그 때문이었다.
나는 이곳에서 꼼짝없이 지난 사 년 동안
비바람과 태양이 내 몸을 썩어들게 만드는 것을
묵묵히 지켜봐야만 했다.

뿐만 아니라,
나는 모두 1048번에 달하는 궁둥이들을
이곳을 지나는 행인들의 눈길로부터 가려주어야만 했다.
내 안에 소리 나게 분비물들을 쏟아내는 족속들은
한결같이 뱃속에 너무 많은 공기를 머금고 있었던 듯이
다급하게 궁둥이를 디밀었다.
그리하여 나는 이제 내 이웃한 전봇대처럼
더럽고 냄새나는 늙은이가 되었다.
그래도 나는 주인이 다시 불러줄 때를 참고 기다렸다.
일 년 전, 주인이 숨을 거두기 전까지만 해도 그랬었다.
한때 나는 주인을 따라
폭삭 사그라들기로 마음먹기도 했었지만
아무도 결코 혼자 죽을 수는 없었다.

오늘도 궁둥이들은 나를 필요로 하고
또 내일도 그럴 것이다.
나를 필요로 하는 궁둥이들과
한번도 이름으로 불린 적이 없는
내 이웃들이 있는 한 내 방전 프로그램은 끝나지 않을 것
이다.
나는 살아 남을 것이다.

그 손수레 주인은 폐암으로 1984년 4월 12일 밤 11시 40분

48초에 죽었다. 하루에 두 갑씩 열여섯 살 때부터 그는 꼬박 이십사 년간 쉼 없이 담배를 피웠다. 손수레를 끄는 중에도, 짐을 싣거나 기다리는 시간에도 그의 입엔 늘 담배가 물려 있었다. 경황이 없던 부모님 상중에도 담배는 꼬박꼬박 피워댔으며, 수많은 결혼 피로연에서, 성 행위 중에도 담배를 피워 아내를 질겁하게 만든 적도 있었다. 그가 가장 싫어했던 장소가 대중 목욕탕이었는데 차마 목욕중에 담배를 피울 수는 없었기 때문이었다.

수술은 받아볼 엄두도 내지 못했다. 그는 자리에 드러누워 암세포를 없애려면 자신의 신체에 영양을 공급하지 말아야 하며 그것이 곧 자신의 죽음이라고 뇌까렸다. 마지막 순간까지 그를 옆에서 지켜보아야 했던 그의 아내는 시계 초침 소리를 견딜 수 없어 했다. 초침 소리가 남편의 폐 속의 암세포의 번식을 배가시키고 있다는 생각 때문이었다. 그녀는 암세포가 똑딱똑딱 자라나고 있을 거라고 생각했다. 그녀는 남편을 위해서라도 건전지를 빼내야만 했다.

「아무래도 시계에서 건전지를 빼내는 게 좋겠어요」

그는 희미하게 고개를 끄덕였고, 그녀는 건전지를 빼냈다. 시계가 멈추자 그녀는 더 이상 암세포가 번지는 것을 차단시키기라도 한 것처럼 미소를 지었다. 그러나 남편은 그녀에게서 받아든 건전지를 바라보며 말했다.

「이것 봐. 소용없는 짓이야, 이런다고 해서 내 몸이 다시 충전되는 것은 아니잖아. 아무도 시간을 막을 수는 없어」

1.5V  GENERAL PURPOSE POWER.

DO NOT RECHARGE,  SHORT OR DISPOSE OF IN FIRE.

ROCKET.


그의 죽음은 파라솔을 쓴 전봇대의 피복이 벗겨진 회선 가운데 하나를 타고 전해졌다. 그의 아내가 푸념 섞인 목소리로 전화기 속에 집어넣은 죽음이었다.

「죽었어요, 밤 열한시 사십분이에요. 그인 볕이 났을 때 죽고 싶어했지만 폐 속의 암세포들이 말을 듣지 않았어요. 우리한텐 세 아이들이 있는데 암세포가 아빠의 폐 속에서 자라고 있다는 것을 이해하지 못했어요. 게다가 막내는 아빠의 죽음을 슬퍼해야 하는 것인지조차도 모른답니다. 그앤 요즘 슈퍼맨 장난감에 빠져 있거든요. 하지만 우리 아이들도 머지 않아 아버지는 어째서 자신의 폐에 암세포가 자라도록 그처럼 독한 담배를 마구 피워대야 했는지 알게 될 날이 오겠지요. …… 부자들은 사고를 당하지 않으면 스스로 목숨을 끊는 경우가 많대요. 그리고 우리처럼 가난한 사람들은 병들어 죽지요……」

그녀의 목소리는 그날의 날씨를 묻고, 안부를 주고받고, 경기 결과와 시간 약속들, 수화기에 대고 하는 키스 소리를 담은 다른 수많은 회선들에 둘러싸여 전해졌다.

「그인 완전 방전되어 버렸어요. 충전이 불가능한 거 있죠……」

손수레 옆을 지나 그 골목을 다 빠져나온 자리에서 그는 담배 가게 표지판을 발견했다. 그는 자전거에서 한쪽 발로 땅을 집고 선 채 지도를 꺼내 표시를 했다. 파라솔을 쓴 전봇대와 녹슨 손수레, 그리고 탁한 유리 미닫이문이 보이는 조그만 구멍 가게 추녀 밑의 담배 가게 표지판을.

# 매혹

자——, 이제서야 매혹을 만날 차례가 되었다.

매혹이란 그런 것이다, 라고 말할 수 있는 당신이라면 그것이 달콤한 향기나 맛을 지니고 있지 않다고 해서 의아해하지는 않을 것이다. 왜냐하면 그것은 언제든 돈만 지불하면 살 수 있는 물건이 아니기 때문이다. 어쩌면 그것은 판도라의 상자처럼 미혹이거나, 얼음 분쇄기가 없는 당신에겐 그림의 떡에 지나지 않을 요리 책의 〈빙수 만드는 법〉 같은 것일 수도 있다. 하여 매혹은 그림의 떡에 지나지 않는 것인지도 모른다.

하지만 매혹이란 그런 것이다, 라고 말할 수 있는 당신이라면 그것이 담배와 사촌지간임을 인정할 것이다. 이유는 간단하다. 매혹과 담배를 따로 분리해 생각할 수가 없기 때문이다. 그러니 당신 주머니에 늘 담뱃갑이 들어 있다면 안심이다. 하지만 매혹이 찾아들었을 때 당신이 담배를 피우고 싶어 할지 어떨지는 아무도 모를 것이다. 매혹이란 그런 것이다.

당신은 매혹을 마치 잠을 달아나게 하는 조지 오웰의 「동물 농장」 같은 것이라고 말할지도 모른다. 물론 그런 것일 수도 있다. 또한 이미 그것은 열세 살 여자아이의 귀밑머리 같은 것이었거나 지금 막 젖먹이 아이의 눈먼 손끝이 더듬어 나가는 엄마의 차가운 입술일 수도 있다. 그런데도 우리는 우리가 열거해 놓은 매혹이 별로 매혹적이지 못하다는 점을 결국은 인정하게 될 날이 올지도 모른다. 하지만 어찌하랴, 매혹이 그런 것임에야……. 이제 우리가 만나려고 하는 매혹이란 그런 것이다.

우리가 미궁에 싸인 매혹에 대해 지껄이는 동안 벌써 땅은 차오르고 하늘은 내려앉았을 것이다. 당신은 그 차오르고 내려앉은 하늘과 땅을 감싸안기 위해 팔을 내뻗는다. 그러나 투명하고 마알간 강물에 손을 집어넣었을 때처럼 당신이 감싸안으려고 했던 것들은 이내 파문으로 너울거린다. 그때서야 당신은 눈을 뜬다. 그러고는 하늘과 땅이 여전히 그 자리에 있는지 확인이라도 하듯 주위를 살핀다. 그러나 눈가리개라도 한 것처럼 사위는 캄캄하고, 거친 바람과 물결 굽이치는 소리가 지금 자신이 누워 있는 작은 공간을 일깨워놓는다. 손전등을 켜자 물이 흥건하게 괸 텐트 안의 모습이 눈에 들어온다. 지퍼를 열고 밖으로 고개를 내밀자 비바람으로 눈을 뜨고 있기도 어렵다. 당신은 텐트 안의 물건들부터 배낭에 챙겨넣기 시작한다. 저녁 밥그릇에 그대로 인스턴트 커피를 풀어 마실 때까지만 해도 당신은 일기 변화가 심한 여름철에 냇가에 텐트를 친다는 것은 위험한 일이라고 생각했을 것이다. 그러나 커피를 마시고 나자 움직이고 싶은 마음이 싹 가신 당신은 설거지까지 아침으로 미룬 채 눌러앉아 버린 것이다. 그처럼 매혹을 만나기 위해서라면 한 박자쯤 삶을 느슨하게 풀어놓을 줄도 알아야 한다. 그러나 지금은 서둘러야 한다. 폭우로 불어난 물살이 언제 밀어닥쳐 텐트째 쓸어갈지 모를 일이기 때문이다. 거짓 미끼로 고기를 속이려면 낚싯줄을 당기고 늦추는 리듬을 타야 하듯, 매혹이란 그런 것이다.

　다행히도 코펠은 뚜껑에 돌멩이를 눌러놓는 것이 습관이 돼 날아가지는 않았을 것이다. 그러나 코펠과 버너를 챙기기도 전에 당신의 몸은 흠뻑 젖어버렸을 것이다. 이쯤해서 매혹이 혹 주위 어딘가에 있지 않나 싶어 두리번거려도 소용없는 짓이다. 주위는 보이지 않는 모든 것들을 뒤섞는 듯한 혼란스런 어둠뿐이므로. 바람이 속눈썹을 거칠게 흔들고, 입술을 헤집고 드는 빗방울로 매혹이 그리 호락호락한 것이 아님을 맛보게 될 것이다. 랜턴 불빛에 드러나는 것이라고는 매혹조차 씻어내렸을 지독한 비바람이다. 팩을 뽑고 폴대를 추스를 땐 당신의 온몸에서 빗물이 줄줄 흘러내린다. 당신은 자전거 짐받이에 엉성하게 꾸린 배낭을 묶으며 일단 비바람을 피할 수 있는 곳이면 남의 집 추녀 끝이라도 찾아들어야 할 처지임을 일깨운다.

　그래도 혹시 모르니 천천히 자전거를 끌고 움직이도록 하자. 이따금씩 랜턴 불빛에 드러나는 하천은 벌써 놀랄 만큼 물이 불어나 있을 것이다. 당신은 이제 등과 겨드랑이에서 매혹을 감아올리는 더운 김 같은 것이 피어오르고 있다는 생각을 할 것이다. 그리고 이따금씩 입술을 비집고 드는 빗물을 뱉어내느라 프! 프!거리게 될 것이다. 프! 프!와 매혹은 그런 것일 수도 있다.

　1Km가 넘는 제방 길을 지나서야 당신은 거대한 물보라를 일으키는 다리 교각을 보게 될 것이다. 그 성난 물보라가 도로로 올라선 당신 가슴을 더욱 안온하게 감쌀 것이다. 그리고 다리를 마주한 당신은 다리 건너편 어둠에 젖은 미지의 세계를 향해 당신 등을 떠미는 어떤 손길을 느끼게 될 것이다. 직감적으로 당신은 매혹을 만나기 위해서라면 건너야 할 다리임을 알아차리게 될 것이다. 매혹이란 그런 것이다.

　이제 경황이 없어 추스르지 못했던 시간을 알아보자. 상체와 손아귀로 한껏 빗줄기를 가리고 나서야 시계를 볼 수 있을 것이다. 야광판의 푸른 막대기들이 파도타기를 하는 것처럼 너울거리고 있을 것이다. 2시 28분이다. 조금 늦긴 했지만 매혹을 만나기에 따로 적당한 시간이 있는 것은 아니잖는가.

　지금 당신은 불빛 한 점 없는 2차선 아스팔트 도로를 비바람을 헤치며 자전거 페달을 밟는다. 바지 주머니 속에 든 담뱃갑은 이미 풀어 헤졌을 것이다. 아직 흡연이 매혹을 만나는 일에 어떤 장애 요인이 된다는 지적을 한 논문은 한 편도 없

었다. 하지만 젖은 담배에 대한 미련은 빗줄기에 내맡기도록
하자. 종내는 사고와 감각까지 모두 씻겨나가 헤진 빨랫감을
빨고 또 빨고 하는 것 같은 느낌이 들 때까지 내맡기도록 하
자. 때로 우리 몸은 그렇듯 방치해야 하는 것이기도 하니까.

3Km쯤 달려가면 당신은 민가를 발견하게 될 것이다. 순간
당신은 가까이 훈훈한 매혹의 온기를 느끼며 그 집 대문께로
자전거를 끌고 다가설 것이다. 개 짖는 소리를 들었지만 당신
은 야트막한 울타리 너머로 고개를 디민 채 주인을 부른다.

「계세요? …… 계십니까?」

어떤 은은함으로, 마치 아주 가까운 곳에 도사리고 있는
매혹을 부르기라도 하려는 듯이 당신은 그렇게 말하게 될 것
이다. 그러자 슬레이트집 추녀 끝에 달린 알전구 불이 켜지
고, 곧바로 불빛 속에서 비바람을 헤치며 달려오는 송아지만
한 불독이 눈에 들어온다.

「맙소사!」라고, 당신은 소리지르게 될 것이다.

주인이 밖으로 나올 때까지 기다릴 상황이 아님은 당신보
다 먼저 매혹이 알아차렸을 것이다. 재빨리 당신은 자전거를
돌려세운다. 막다른 골목에서 빚쟁이를 마주친 것보다 더 끔
찍한 상황임을 매혹 또한 알아차렸을 것이다. 침착하게 굴어
야 한다는 생각도 느닷없이 입에 거품을 물고 달려나오는 불
독을 발견한다면 아무 짝에도 쓸모없는 다짐에 지나지 않는
것이니까. 자전거에 오르자마자 당신은 미친 듯이 페달을 밟
아야 한다. 그 순간이 정말로 미쳐야 할 순간이며, 끝내 미치

지 못한다면 당신과 당신의 매혹은 두고두고 후회할 것이기 때문이다. 매혹이란 그런 것이다.

다리 근육이 뻑뻑해지고 사타구니가 쓰려오기 시작해서야 당신은 숨을 가다듬을 수 있을 것이다. 얼마를 달려왔는지 알 길이 없지만 그때쯤 갑자기 비바람 속에 전방으로 불꺼진 적막한 건물들이 우뚝 나타날 것이다. 포장 도로를 따라 달리다 보면 언제나 소금 기둥처럼 하얗게 눈에 들어오던 도시의 건물들이다. 매혹이 등장할 순간이므로 잠시 긴장해 보는 것도 좋다. 천천히 그들 건물 아래로 들어서자 온몸이 녹아드는 듯한 아늑한 공간이 당신을 감싸안는다. 건물은 세찬 남서풍을 막고 서 있다. 갑작스럽게 맞닥뜨려 정신까지 멍멍한, 바람도, 빗방울도 없는 공간이다. 자전거를 멈추고 내려서 허리에 자전거 안장을 기댄 채 흠뻑 젖은 몸을 가볍게 털어볼 사이도 없이 가슴 밑바닥에서부터 자근자근 저며 올라오는 벅참으로 당신은 입술을 깨문다. 약간은 달뜨고, 한편으론 경건한 허기가 당신을 감쌀 것이다. 그때 그 자리가 한번도 곧히 당신 육신에 똬리를 튼 적이 없는 마음의 집이며, 매혹의 자리이기도 하다. 당신이 그처럼 아늑한 공간을 어디선가 맛본 적이 있다면 그렇듯 입술을 깨물지는 않았을 것이다. 아무렇게나 불쑥, 매혹이 당신의 고르지 못한 치아에 깃드는 방식이 그것이다. 매혹이란 그런 것이다.

당신에게 자연은 늘 알 수 없는 대상이었고, 거칠고 야만스럽고, 가장 아름다울 때조차도 그리 너그러운 모습이 아니었지만 그 이면에는 언제나 매혹이 감춰져 있음에 당신은 느꺼워할 것이다. 하루 일교차만 생각해 보더라도 밖에서 하룻밤을 지낸다는 것도 그리 쉬운 일은 아니므로. 설령 그것이 쾌적한 여름밤이라 하더라도 모기나 벌레들과 싸움이 있어야 한다. 게다가 시시각각으로 기상이 변하는 산에서 보낼 상황은 더욱 그럴 것이다. 당신이 중학교 2학년 때, 또는 턱수염이 제법 거뭇거뭇했던 고등학교 시절 친구들과 함께 한 산행에서 꼬박 서른세 시간을 길을 잃고 헤매던 일만 해도 그렇다. 둘이 한 침낭 속에 들어가 끌어안고 날이 밝기를 기다리며 당신은 또 다른 당신에게 서른세 시간의 기나긴 여정에 대하여, 그 시간 당신들의 인내의 한계를 비집고 드는 죽음에 대해 속삭였을 것이다. 그러나 분명한 것은 그 순간에도 보듬어안은 동료의 눈에, 또는 가슴에 매혹이 자리하고 있다는 사실이다. 매혹이란 그런 것이다.

그 일이 있고 난 이후로도 당신은 틈만 나면 떠난다. 잠시 돈을 쓰는 장소가 바뀐다고 해서 매혹이 자리하는 것이 아니라는 것을 당신은 이미 알고 있기 때문이다. 푸수수한 밥알처럼 맥빠진 하루하루를 걷어찰 준비가 되어 있는 당신은 분명 매혹적인 사람이다. 그게 이끼이지 싶어 배낭을 꾸린다면 당신은 아이들이 왜 스포츠인을 우상으로 삼고 있는지를 진정으로 이해하는 사람이며, 거칠고 야만스러운 자연 속으로 매혹을 찾아 여행을 떠날 준비가 된 사람이기도 하다. 매혹이란 바로 그런 곳에 상존하기 때문이다. 그것은 도전의 본능을 일깨우는 어떤 것일 수도 있으므로, 단언컨대 샤워를 마치고 푹신한 침대 모서리에 리모컨을 쥐고 앉아 따끈한 커피를 마시는 그가 바로 당신이라면 애석하게도 당신은 매혹으로부터 너무나 먼 곳에 있다. 매혹이란 그런 것이다.

매혹의 여운이 길어지면 길어질수록 당신 가슴은 소중한 사람들로 들어찰 것이다. 이제 매혹을 나누기 위해 당신은 다시 한번 시계를 보게 될 것이다. 새로 세시가 넘은 시각이다. 매혹은 마땅히 소중한 누군가와 나누어야 한다. 그리하여 당신은 공중 전화 부스를 찾아 어둠과 비바람을 헤치며 페달을 밟기 시작한다. 시간이 너무 늦었다고 망설여서는 안 된다. 그러면 순간 매혹은 사라지기 때문이다. 그러나 사랑하는 사람을 몹시 놀라게 할 수도 있다. 그러니 매혹의 본질은 당혹스러움에도 닿아 있는 것이다. 매혹이 그러할진대 하물며 매혹적이지 못한 것이야 말해 무엇하랴. 하여 수화기를 든 그 누군가 놀란 음성으로 「무슨 일이야? 너 지금이 몇 신줄 알기나 하는 거야?」라고 묻는다면 당신은 분명 이렇게 대답할 것이다.

「매혹이야, 난 매혹에 와 있어. 그걸 전하고 싶어서…… 꼭 그러고 싶었어」라고.

매혹이란 그런 것이다.

# 올렌카 그리고 여자들

빠듯 엉덩이만 붙일 수 있는 ㄷ자로 놓인 민박집 마루까지 비가 뿌려들고 있었다. 어제 아침부터 잔뜩 꾸물거리던 하늘이 오후로 접어들자 가는 빗줄기를 뿌리기 시작했다. 목에 두른 수건으로 이따금씩 얼굴을 훔치며 세 시간 가까이 28Km에 달하는 거리를 그는 쉬지 않고 달렸다. 그리고 이곳 새남 민박집에 짐을 풀었는데 아침에 눈을 뜨자 빗줄기는 더 굵어져 있었다. 약간의 한기와 두통을 동반한 감기 기운이 있었다. 장마철이어서 그런지 민박집 방들은 텅 비어 있었다. 아침은 지난 저녁에 먹다 남은 밥이 있어서 준비하는 시간보다는 설거지하는 시간이 더 길었다.

오후가 되어서도 비가 그치지 않자 그는 라면으로 점심 요기를 하고 팔베개를 하고 누워 체홉의 단편집 『사랑스러운 여인』을 펴들었다. 세시가 넘도록 비가 그치지 않는다면 하루를 더 묵어야 될 것 같았다. 세번째로 읽는 올렌카 이야기, 누군가를 사랑하는 일 이외에 운명이 통째로 자신의 육신에 침투했다가는 통째로 빠져나가는 것에 아무런 저항이나 의심도 없이 받아들이는 여자, 인형극의 인형 같은 여자, 남자를 만나 사랑을 했다가 외톨이가 되고, 다시 남자를 만나 덧씌운 사랑으로 덧씌워진 사랑을 잊고, 또 다시 외톨이가 되는 올렌카……. 그러다 잠이 들었는데 깨어나 보니 빗줄기는 여전했고, 벌써 날이 어둑어둑해져 있었다.

그는 담배와 간단한 찬거리를 사기 위해 여인숙 맞은편 슈퍼마켓으로 갔다.
「사랑? 네까짓 게 사랑이 뭔지는 알아? 어?」
「이거 가격표가 안 붙었는데 얼맙니까?」
그가 깻잎 통조림을 들고 말하자 슈퍼마켓 안쪽으로 난 장지문을 향해 연신 지껄이던 여자가 흘끔 한 번 쳐다보고는 소리쳤다.
「650원이요!」
「남들 다하는 건데 왜 나는 못해요?」
「등신! 그놈이 이 동네에서 후려놓은 여자만 해도 몇 명인지 아니? 남들 다하는 거라니까 너도 거기다 숫자 하날 더 보태줘야 시원하겠어? 엄말 그런 식으로 닭어야 시원하겠어?」
「엄마! 그게 아니에요. 그 사람도 절 사랑한단 말이에요」
그가 참치 통조림과 맛김, 봉지에 든 고추장, 오이 두 개와 애호박 하나, 그리고 모기향 한 갑을 들고 계산대 앞에 섰을 때 여자는 머리를 감싸쥔 채 중얼거리고 있었다.

「정신 나간 년! 다른 사람 눈에는 훤히 보이는 일이 왜 제년 눈에는 안 보여……」

비가 그친 것은 밤 열시 경이었고, 그가 막 잠자리에 들었던 열한시 경 누군가 그의 방문을 두드렸다. 문을 열자 민박집 주인 여자가 낯선 남자와 함께 문 밖에 서 있었다.

「투숙객이 댁밖에는 없어서요. 이 분이 웬만큼 사정을 해야지요」

주인 여자는 난감한 표정을 짓고 있었다. 낯선 남자가 불쑥 그 앞으로 주민 등록증을 내밀었다. 흑백 증명 사진이었는데 볼이 도톰하고 눈이 큰 20대 중반쯤 되어보이는 여자였다.

「제 아냅니다. 집을 나간 지 달포쯤 됐는데 그간 온갖 수소문 끝에 요앞 세탁소 맞은편에 있는 가라오케집 종업원으로 있다는 사실을 알아냈습니다. 좀 도와주십시오」

「……제가 무슨 도움이 되겠습니까?」

「그 집 주인이 제 얼굴을 알고 있어서 부탁드리는 겁니다. 거기 들어가 술을 마시며 제 아내가 있나 없나만 확인해 주십시오. 술값은 제가 드리겠습니다」

남자는 만원권 지폐 두 장을 꺼내 그 앞으로 내밀었다. 남자의 말에 따르자면 그는 곧바로 가라오케집으로 들어가 남자가 건넨 돈으로 술을 마시며 주민 등록증에서 본 여자를 발견하면 밖으로 나와 알리기만 하면 되는 일이었다.

「하지만 제가 이런 일을 제대로 해낼 수 있을지가……」

「다른 손님들처럼 행동하시면 되죠. 그쪽에서 보자면 의심은 아마 생각지도 못할 겁니다」

「아내 되시는 분을 발견하면 어쩔 겁니까?」

「지금까지 모두 세 번이나 허탕을 치는 동안 나도 그자들의 생리는 어느 정도 파악했습니다. 아내가 거기 있는 게 확실하다면 경찰을 부를 겁니다. 순순히 내놓지 않을 테니까요. 그리고 이쪽의 신분이 노출되면 그자들이 아낼 빼돌릴 게 분명하니까 그 점을 조심하셔야 합니다」

모니터와 마이크가 준비된 무대 시설이 있고, 다섯 개의 룸과 카운터에 앉아 술을 마실 수 있는 집이었다. 술은 330ml 버드와이저 세 병에 안주 한 접시가 기본으로 만이천 원이었다.

술집으로 들어선 지 십 분도 안 돼 그는 그곳에서 일하는 네 명의 여자를 확인했지만 주민 등록증에서 본 여자와 닮은 구석이라고는 전혀 없었다. 손님은 모두 다섯 테이블이었다. 그들 중 제일 나이가 든 60대쯤 되어보이는 두 남자 손님은 시종일관 어깨동무를 한 채 무대를 맴돌고 있었다. 그들은 6·25 참전 용사로 전우에 시체를 넘고 넘어 앞으로 앞으로, 라고 시작되는 군가에서부터 「미스 고」란 노래까지 쉬지 않고 불렀다. 사람들은 의자 등받이에 등을 기대고 앉아 무대를 바라보며 습한 실내를 뿌옇게 흐리는 담배 연기를 뿜어냈다.

혹시 자신이 잘못 본 것은 아닌가 싶어 도중에 두 번이나 그는 화장실에 들러 주민 등록증 속의 여자를 확인했지만 마찬가지였다. 세 병 더 시킨 맥주까지 바닥이 나서야 그는 자리를 일어섰다.

밖으로 나서자 비는 그쳐 있었다. 가라오케 출입문 왼쪽으로 십여 미터쯤 떨어진 골목 가로등 아래를 서성이던 남자가 그를 알아보고는 다가왔다.

「있습니까?」

「미안합니다. 여자들이 모두 네 명이었는데 부인을 닮은 여자는 없었습니다」

남자의 표정이 절망적으로 일그러들고 있었다.

「놈들이 벌써 알아차린 모양입니다. 틀림없이 거기 있다고 들었는데……」

「그런데 아내 되시는 분이 결혼 전에 그런 데서 일한 적이 있었습니까?」

남자는 고통스러운 표정으로 고개를 끄떡이며 말했다.

「전 지금 농사를 짓고 있는데 아시다시피 농촌 총각한테 어디 시집오려는 여자가 있어야지요. 읍내에 나가면 들르던 다방에서 일하는 여자였는데, 여자한테는 그게 흠이다 싶어 매달려 봤지요. 내가 내세울 게 없다 보니 과거는 묻지도 않았습니다. 그리고 농사일은 시키지도 않겠다고 약속했고, 실제로도 그랬습니다. 결혼하고 일 년 동안은 잘 지냈습니다. 그런데 이 년째부터 농번기만 되면 가출을 하는 겁니다. 밥이나 해나르는 게 고작이었는 데도 말이죠. 이번이 네번쨉니다.

…… 부족한 게 없이 해달라는 것은 다 해주었습니다. 내가 얼마나…… 사랑하는데……」

남자는 말을 잊지 못했다. 홀짝거리며 마신 맥주의 취기가 오르고 있었다.

「……언젠가는 만나게 되겠지요」

피로가 일시에 몰려들었다. 그는 눈두덩을 누르며 돌아섰다. 알 수 없는 남자의 흐느낌이 그의 어깨를 짓눌렀다.

# 냉장고는 죽었는가

　그 냉장고에 대해 그가 해줄 수 있는 일이라고는 잠시 자전거를 멈추고 바라보는 일뿐이었다. 이제 갈증은 참을 만큼 참았다는 듯이 폭염에 잎사귀를 늘어뜨린 호박 덩굴은 냉동실 문 손잡이를 감고 내려와 문짝이 떨어져 나간 냉장실에 똬리를 틀어 연푸른 살집을 드러낸 다 자란 무등산 수박만한 호박을 매달고 있었다. 176리터짜리 밭둑에 선 냉장고였다.

　그 냉장고가 주인 농부의 주방으로부터 밭둑으로 나앉기까지는 이런 과정을 겪어야 했다.

　예전엔 이마를 맞대기만 하면 곧잘 고함을 주고받던 자식들이 이젠 제 자식들을 두고 도회지에 자리를 잡자 주말 방문이 비교적 정기적으로 이루어지면서 용적이 필요성에 비해 턱없이 부족해졌다. 신 김치는 손자들이 좋아했을 뿐 늙은 농부의 입맛에는 도무지 맞지 않는 것이었다. 또한 농부가 오후

한참의 김매기 끝에 논둑에서 마시는 시원한 막걸리 맛은 낮잠 이상으로 달콤한 것이었는데 냉장고가 비좁을 때 아내나 며느리들의 손길은 가차없이 농부가 애지중지하는 막걸리 통을 쫓아내기 일쑤였다. 게다가 낡고 오래돼 소음도 심했고, 냉장실 문은 제대로 닫히지 않는 경우도 많아 집안에서 전기를 잡아먹는 원흉처럼 보인 탓도 있었다. 그리고 불결하게 바랜 형편 없는 디자인에 눈살을 찌푸리던 아들, 며느리의 효심이 마침내 놈을 주방에서 몰아낸 것이었다.

새로 들어온 냉장고는 387리터짜리였다. 광고에 의하면 바다에서 갓 건져올린 생선처럼 항상 싱싱한 음식이 시도 때도 없이 쏟아져 나오는 요술 항아리 같은 것이었다. 그 냉장고는 어렵지 않게 낡은 냉장고가 차지했던 자리를 비집고 들었다. 그런데 문제는 버릴 냉장고였다. 놈이 주방 한쪽 구석을 차지하고 있을 땐 몰랐는데 밖으로 내다놓고 보니 그렇게 흉물스러울 수가 없었다. 어디 한 군데 버릴 곳은 물론 마땅히 놓아둘 장소도 없었고, 또한 놈이 자리하는 곳은 모두가 보기 딱할 정도로 흉했다. 처음 놈은 헛간 추녀 끝을 차지했다가 안주인의 성화에 못 이긴 주인 농부에 의해 창고 옆으로 옮겨졌고, 주말에 내려온 농부 손자들이 냉장고 속으로 들어가 숨는 숨기 장난 끝에 냉장실 문을 잘못 다뤄 손가락이 끼었다. 놀란 농부의 자식들은 냉장실 문을 떼어냈고 놈을 대문 밖 담 아래로 내놓았다. 그러나 놈이 거기 서 있는 동안 주인 농부의 이맛살은 펴질 날이 없었다. 그리하여 마침내 어느 한가한 주말 오후 온 가족이 달려들어 놈을 호두나무가 있는 집 뒤 밭둑까지 내몰았다. 그게 바로 올 봄의 일이었다. 매년 그랬던 것처럼 그 밭둑에는 호박 덩굴이 무성하게 자라나 마침내 버려진 냉장고까지 뒤덮었다. 그것이 바로 무등산 수박만한 호박이 냉장실 안에 자리하기까지 벌어진 일이었다.

그는 한때 그 냉장고 문을 여닫던 손들도 어쩔 수 없는 시간의 다그침에 의해 버려질 날들을 떠올리며 페달을 밟았다. 거의 완벽에 가까운 타르와 니코틴 제거 효과를 자랑하는 삼중 탄소 필터를 들고 있던 손들도 버려질 것이었다. 그런 날이 다가온다는 것은 어쩔 수 없는 일이라 해도 이제 세상은 바야흐로 버리기 전에 버릴 장소를 마련해 두는 일이 무엇보다도 더 중요한 일이 되어버렸다.

# 금연 구역 확대 설치에 즈음한 애연가 P씨의 몇 가지 유감

안개가 채 가시지 않은 이른 아침 시간에 백발이 성성한 노신사가 담배 가게 문을 밀고 들어서서 말한다.

「담배 한 갑 주쇼」

「뭘로 드릴까요?」

「담배 가게 표지판으로요, 그놈이 좋죠. 지난 사십일 년간의 시행 착오 끝에 난 그 놈이 내 입맛에 딱 맞는다는 결론을 내렸습니다」

나는 늘 이런 아침을 꿈꾸어왔다.

자신에게는 매우 하찮은 일도 타인에게 중요한 일이 될 수 있다는 것을 인정하지 못하는 사람들은 종종 내가 지난 사십일 년간 피워온 담배에 대해, 담배와 관련된 여러 가지 일들에 대해, 생각하고 분석하고 기록해 왔다는 사실을 거의 이해하려 들지 않았다. 이를테면 난잡한 흡연 습관이 담배 맛을 떨어뜨리는 주범이라고 말한다면 그들은 그런 걸 일일이 따져가며 피워야 하는 게 담배냐고 반문한다. 술이나 음식, 잡담과 적당히 섞어 피우는 게 담배라고 생각하거나 시간을 때우기 위해 담배를 피우는 사람들이다. 그러나 분명한 것은 흡연이 있기 전에 행한 노동의 질과 흡연의 간격에 따라 담배 맛은 현격한 차이가 나며, 음식을 먹는 사이사이에 담배를 피우는 짓은 음식과 담배 맛 모두를 망치는 짓이다. 또한 여러 종류의 담배를 마구잡이로 사 피우는 분들은 결코 훌륭한 흡연가가 될 수 없으며, 한 개비의 담배를 피우는 데 일 분도 채 걸리지 않는 분들은 결코 담배의 진정한 맛을 느끼지 못할 것이다. 나의 이런 주장에 대해 골치 아픈 일들을 잊기 위해 피우는 담배가 오히려 골치 아픈 일이 아니냐고 말하는 사람들도 있었다. 그들이 비록 인류의 피임법이 어떤 식으로 발전되어 왔는지를 이해하지도, 이해할 필요도 없는 사람들일지라도 그런 내 정신 어딘가에 잘못이 있지는 않나 하는 의심을 갖는 것은 온당치 못하다고 나는 생각한다. 또한 비록 의심이라는 것이 무지에서 나오는 것임을 염두에 둔다 해도, 그들 눈에 그런 것들을 일일이 기록하고 헤아리는 내 모습이 아주 어리석게 보일지라도 말이다. 그와는 반대로 직접 나를 찾아오거나, 전화나 팩스로 담배와 관련된 자료를 보내주시기를 마다하지 않았던 분들께 나는 이 자리를 빌려 깊은 감사를 드린다.

　나는 끊임없이 담배를 피워왔으며, 내 인생에 최고의 가치 있는 순간들은 어김없이 담배를 물고 있었다. 내가 대학생이었던 당시 대일 청구권 협상에 반대하는 데모에 참가하기 위해 나는 12본입 엽궐련을 다섯 갑이나 준비했다. 6·3 사태가 일어났던 해에는 무려 428갑의 필터가 없는 막궐련 담배인 새마을을 피웠으며, 신혼 여행길에는 아내가 준비한 10본들이 희망 담배 피우기를 잊지 않았다. 그녀의 지혜로운 솜씨라니……, 예나 지금이나 내가 지니고 있는 희망이란 바로 그 담배 맛에서 단 한치도 벗어나 있지 않다는 점을 나는 아내 앞에 맹세할 수도 있다. 다른 무엇이 있어 그 희망을 달리 설명할 수 있겠는가. 내 큰아이가 태어나던 시각 나는 병원 복도에서 100mm짜리 수정 담배를 피워 물고 있었는데 마침내 아이의 울음소리가 들리자 나는 피우던 담배를 치켜들고 감사합니다, 담배여!라고 외쳤다. 그리고 이 글을 쓰고 있는 지금 이 순간에도 내 입술엔 88라이트 담배가 물려 있다. 내 이빨은 물론 손끝까지 니코틴으로 누렇게 물들었다. 그런데도 세상일에는 담배를 피우지 않으면 안 될 순간이 있다는 것을 나는 남들보다 분명히 알고 있었고, 알고 있다고 생각한다. 담배는 내 삶의 동반자였으며, 그것이 때로는 잘못된 식생활이나 수면처럼 몸의 균형을 파괴하는 것이었을지라도 인류가 어떤 형태로든 〈진보〉라고 말해 온 상황들 속에 자리한 파괴라는 이면이었다. 또한 그것은 신체적, 정서적, 정신적 리듬이 깨지는 어느 순간 마치 질병이 가져다주는 고통처럼 우리의 정신을 벼랑 끝으로 몰고 가는 하나의 거대한 에너지이기도 했다. 담배 연기가 내 폐 속으로 밀려드는 순간 나는 그 속에 가미된 니코틴과 타르가 지닌 막대한 양의 에너지를 느껴왔다. 나는 늘 그것과 함께하려고 노력했다. 그 벼랑 끝에 인류의 정신사를 이끌어온 생장점이 있음을 믿어 의심치 않았기 때문이다. 불로초를 꿈꾸었던 중국의 저 어리석은 진시황은 금연법이나 다를 게 없는 분서갱유 정책을 벌여 지구상의 수많은 책들은 불태워 없애는 오명을 남기지 않았는가. 내가 아는 한 생장점을 도려내 버린, 책이 씌어질 수 없는 여건이나 씌어진 책을 태워없애는 짓이나 어리석기는 마찬가지이다.

기호품이란 낱말을 사전에서 찾아보면 〈영양소는 아니지만 향미가 있어 입에 쾌감을 주고 필요한 흥분을 일으키는 음식물로 술, 차, 커피, 담배, 마늘, 파, 후추, 생강 등〉이라고 돼 있다. 다른 말들은 다 제쳐두고 〈필요한 흥분〉이라는 말에 주목한다면 앞선 내 주장이 〈필요한 흥분〉의 의미를 확대 해석한 것임을 눈치챘을 것이다. 아울러 심심풀이용 껌과 담배를 혼동하는 사람들에겐 껌은 기호품이 아니란 사실을 강조하는 바이다.

마지막으로 나는 담배를 마치 독극물처럼 여기는 사람들에게 이런 메시지를 전하고자 한다. 육십 년이 넘게 파이프 담배를 피웠던 내 조부께서도 임종에 이르러 술이 네 부끄러움을 더 크게 만들 것이라는 충고는 주셨지만 담배에 대해서는 아무런 언급도 없으셨다. 게다가 지독한 애연가이자 폐병쟁이

였던 내 아버지를 죽인 건 담배가 아니라 자동차였다는 사실
이다. 그렇다고 해서 담배가 전혀 몸에 해롭지 않다고 말하려
는 것은 물론 아니다. 지금껏 금주 구역이란 푯말을 본 적이
없는 나로서는 음주와 운전이 만났을 때 벌어지는 심심찮은
결과를 보더라도 금연 구역의 확대 설치는 위험의 우선 순위
에서도 벗어난 짓이라고 생각한다. 어디 그뿐인가. 몸에 좋다
는 운동이 흡연보다 훨씬 더 치명적인 결과를 초래하는 경우
는 얼마든지 많다. 우리가 자동차를 거부할 수 없는 것처럼
마찬가지로 담배처럼 손쉽게 몸에 지니고 다닐 수 있는 대체
기호품이 나와 있지 않는 한 담배는 아직도 많은 사람들의 정
신의 생장점을 자극하는 촉매제와도 같다는 사실을 기억해야
할 것이다. 인류의 앞날에 담배 또한 함께 할 것임을 나는 믿
어 의심치 않는다.

# 소나기 계절의 INDUSTRIA 통신

「내가 처음으로 상경하던 그날도 차창 밖으로 쏟아붓는 이런 소나기를 봤어요. 그리고 어땠는 줄 아세요? …… 방직 공장 일부터 시작하는 거죠. 대부분의 여자 아이들이 그랬어요. 그 시절에 가출과 상경은 바로 그런 걸 의미했어요. 그런데 참 이상했던 것은 그땐 그게 뭔가 다른 삶이 시작되는 걸로 생각했더랬어요. 다른 사람들과는 다른…… 뭐 그런 거죠. …… 그런 생각 해본 적 있죠?」

비는 벌써 이십 분 동안이나 줄기차게 쏟아붓고 있었다. 붉은 벽돌로 지은 버스 승강장 왼편으로 난 창으로 비껴드는 빗물에 자전거 뒷바퀴가 흥건히 젖어 들었다. 젖은 머리칼을 쓸어넘기며 자리에서 일어난 여자가 다시 입을 열었다.

「얼마만큼 만에 버스가 다니는 건가. …… 말이 없으시군요. 내가 말이 많은 걸 흉보기 위해 일부러 말을 안 하고 있는 건 아니죠? …… 하지만 그래도 상관없어요. …… 십칠 년 만이거든요. 지금…… 난 무슨 말이든 하지 않고는 견딜 수가 없어요. 아시겠어요? 여긴 내 고향이었어요, 그땐 말이죠. …… 물론 마음의 고향을 말하는 건 아니에요. 수도 없이 이곳으로 오고 싶어 시외 버스 터미널에 나가 차표를 끊고는 했지만 막상 차에 오르진 못했던 거예요. 난 그럴 수가 없었어요. 기차표도 끊어봤지만 마찬가지였어요. 왜 그랬는지 짐작이 가세요? 가출할 때의 호기를 이런 몸으로, 쥐꼬리만큼 모은 돈으로는 메울 수가 없었기 때문이었죠. 그렇게 훌쩍 십칠 년이 지났어요. 소나기에 물이 불은 도랑을 뛰어넘듯이 그렇게요. 이해할 수 없다구요? 물론 그러시겠죠. 수준이 비슷한 남자 만나 식도 올리지 못하고 애부터 낳았어요. 뒤돌아보면 나 역시도 그런 시절이 있었나 의아한 생각이 들 때가 있어요. 하지만 신기하게도 내 아이가 젖꼭지를 찾아 물듯이 그 십칠 년의 순간 순간들은 마치 누군가 만들어놓은 통로를 따라 흘러온 시간이었음을 느낄 수 있어요. 내 몸은 그걸 알고 있어요. 고향에 와서 고향을 잃어버리게 되리라는 것까지도 나는 알고 있었던 것 같아요. 그런데도 우스워요. 나는 이렇게 돌아왔는데 고향이 나를 기다리고 있지 않았다는 게 말이죠. 왜냐하면…… 왜냐하면, 왜 내가 이런 식으로 말을 해야 하는가 하면…… 저 맞은편 산기슭이 내 고향 마을인데 바로 지금 소나기에 지워져버린 것처럼 사라져버렸기 때문이에요. 결국 내가 고향을 찾아온 건 또 한번의 가출에 지나지 않았어

요. 내 아이가 태어난 바로 그 곳이 고향인데……. 내 말 이해
하시겠어요?」

　소나기는 이제 호흡을 틀어막듯이 빼곡이 들어차 있었다.
그녀가 손짓을 해보인 전방은 열 길 물 속처럼 아무것도 보여
주지 않았다. 그녀는 마치 그 물 표면에 떠 있는 부유물을 걸
어내고 속을 들여다보기라도 하려는 것처럼 손을 내저어 빗물
을 긋는 동작을 되풀이했다. 한참 만에야 동작을 멈춘 여자가
자전거 쪽으로 몸을 돌리며 말했다.

　「여행중이군요. 내 아이도 빨리 자라서 세상을 두루 보고
다녔으면 좋겠어요. 제가 가출병이 든 후 아버지는 곧잘 이렇
게 말씀하시곤 했어요. 정신 나간 년! 이마 아래쪽에 난 눈으
로 머리 꼭대기를 봐? 라구요. 이마가 어디고 눈이 어디에 붙
었는지 생각해 보는 건 훨씬 나중 일이죠. 내겐 그랬어요」

　생각에 잠긴 여자의 골똘한 시선에 그의 흡연 욕구가 꿈틀
거렸다.

　「……무슨 말이 든 좀 해보세요」

　「버스 소리가 들리는 것 같은데요?」

　그의 말에 여자는 고개를 내밀어 오른쪽 도로를 살폈다.
여차하면 빗길로 뛰어들 태세였다. 차는 세찬 빗줄기 때문에
엉금엉금 기다시피 다가오고 있었다. 사람이 있는지 몰라보고
지나칠까봐 걱정이 되었던지 여자는 핸드백을 챙겨들고 빗줄
기 속으로 들어섰다. 그러나 버스가 거의 코앞까지 다가와서
야 그들은 그것이 장의사 차라는 것을 알아보았다. 여자는 잠

간 사이에 또다시 흠뻑 젖어 승강장으로 뛰어들었다.

「이런 날에 장례식이라니 자손들한테 욕먹겠어」

「미안합니다, 전 그만 버스인 줄 알고……」

「괜찮아요. 댁 들으라고 한 말은 아니니까」

그는 배낭에서 수건을 꺼내 여자에게 건넸다.

「아침에 세탁한 거라서 눅눅하긴 하지만 냄새는 나지 않을 겁니다」

「고맙군요. 철이 들고 나서 난 지금껏 한번도 남이 빨아 놓은 수건을 사용해 본 적이 없어요. 결벽증이 있어서 그런 건 아니고 늘 내가 빨래를 해왔기 때문이죠. 나는 수없이 많은 빨래를 해왔어요. 전엔 기숙사 사감님 것부터 시작해 같은 방 언니나 동료들 것까지, 지금은 아이와 남편 빨래를 하죠. 모든 여자들이 그렇지 않느냐고 반문할 수도 있겠지만 내겐 빨래를 하는 일이 꼭 무슨 의식 같기만 했어요. 고향으로 오는 버스에 끝내 오르지 못하고 되돌아온 날은 대청소를 하듯 빨래에 매달리곤 했죠. 사죄 의식 같은 거였어요. 어리석은 짓이기는 하지만 내 옹졸함을 씻어내는…… 내겐 그게 더러움이었거든요. 나는 그런 식으로라도 고향에 있는 가족들께 용서를 빌어야 했어요. 그렇게 하지 않으면 앓아누웠으니까요. 아마도 그건 스스로에 대한 용서이기도 했을 거예요. 나는 그렇게라도 해야만 했어요」

머리와 어깨까지 물기를 닦아낸 여자는 수건을 비틀어 물기를 짜낸 후 반을 접어 그에게 건네주었다.

「빨리 가봐야 하는데…… 애들이 학교에서 돌아와 엄마가 집에 없다는 것을 알게 되면 상심할 테니까요. 애들은 제일 먼저 엄마를 찾죠. 그게 있으면……, 그러니까 엄마가 있으면 냉장고를 뒤지고 TV 채널과 씨름하죠. 옆에서 다그치지 않으면 책가방을 여는 건 잠자리에 들 때쯤이에요. 그런데 버스는 왜 이렇게 안 오죠?」

「이런 비엔 차들도 다니기가 힘들 겁니다」

「그러고 보니 지금껏 지나간 차가 겨우 장의사 차 한 대뿐이군요. 혹시 저 위쪽 어딘가에 다리라도 끊어진 게 아닐까요?」

「그럴…… 리가요?」

「……하긴 다리가 끊어지던 시절은 옛날 이야기니까요. 기억이 허물어지듯 그렇게 끊겼어요. 비가 많이 오면 옛날엔 정말 그랬더랬어요. 나는 학교에 가지 않게 된 것이 무엇보다 신이 났죠. 동네 아이들도 마찬가지였어요. 그런데 어느 날부턴가 내게 그런 일은 더 이상 아무런 의미가 없었어요. …… 그러고 보니 국어 교과서에서 배운 「소나기」가 생각나는군요. 그게 누가 쓴 글이던가요?」

「황순원이요」

「아——, 그래요. 황순원…… 순, 원…… 그 비밀스런 이름이…… 기억나요. 그래요, 아마 되뇜이 더 비밀스러웠던 건지도 몰라요. 그런 이름들 있잖아요? 끝순이나 붙들이,……일남이 같은 이름들만 들먹이다가 그런 이름과 맞닥뜨리면 어떤 비밀을 들추는 것 같기만 했어요. 지금 생각해 보니 그 소설 탓도 있기는 했어요. 그때 내 가슴 속에 자리잡아 가고 있던 처녀의 상은 「소나기」 속에 나오는 도회지 소녀의 성장한 모습이었을 거예요. 맞아요, 그랬어요! 말을 하고 보니 더욱 분명하군요. 나이가 들수록 그 처녀의 모습이 내 가슴 속에 견고하게 자리잡아 갔는데…… 후로 나는 늘 도회지 처녀의 신분으로 방학이 되면 소작농들 집에 놀러 내려오는 내 모습을 상상하곤 했어요. 어느 날부턴가 내게 동네 아이들과 함께 들이나 산을 뛰어다니며 노는 일들이 아무런 의미가 없어진 것도 말하자면 도회지 처녀가 반드시 상상일 수만은 없다는 생각이 들기 시작한 때부터였죠. 어머닌 내가 병이 났다고 말씀하셨죠. 나도 알고 있었어요. 가출병이었으니까요」

「그게…… 질병이었습니까?」

그의 질문에 여자는 갑자기 더듬기 시작했다.

「질병이요? …… 그렇긴 하죠. …… 전염성이 강한…… 사회적 질병이었을 거예요. 나 이전에도 그랬고, 내 뒤로도 많은 아이들이 학교를 향해 집을 나서듯 상경을 했으니까요. 귀가는 그보다 더 쉽게, 말하자면 금의환향할 수 있으리란 생각으로 말이죠. 그러다 고향 사람을 만나게 될까 봐 피해 다니는 시기가 되면 귀가 길이 얼마나 먼가를 절감하는 거예요. 일과를 끝내고 어두운 골목을 배회할 때마다 가로등 아래 고개를 떨구어보면 자신의 그림자가 얼마만큼 이지러져 붙어버렸는지를 보게 되곤 하죠. 그러면 빈 껍데기뿐인 자신의 이력에 더럭 겁이 나요. 그런 이력으로는 그 바닥을 벗어날 수가 없다는 것을 누구보다도 그들 자신이 더 잘 알게 되는 거죠.
어찌할 바를 모르다 찾아간 곳이 야학이었어요. 돌이켜보면
그만한 용기가 있었다는 것뿐, 달라질 건, 달라진 건 아무것
도 없지만요. 그리고 오늘에서야 나는 가족들과 격리될 수밖
에 없었던 그 질병을 확인한 거예요. 바로 이곳에 와서야 그
걸 알게 된 거죠」

「가족들을 만나보지도 못했나요?」

여자가 천천히 고개를 끄덕였다.

「가족들이 만나기를 거부하는 겁니까?」

그러자 여자는 놀란 듯 눈을 치켜떴다.

「그 분들은 거부라는 걸 몰라요. 그런데 무슨 소리가 들리
는 것 같지 않아요?」

여자는 재빨리 핸드백을 들고 몸을 돌렸다. 빗줄기는 조금
가늘어지기는 했지만 여전히 소나기에 가까웠다. 이런 비가
한 시간 가까이 퍼붓게 된다면 이 근처 일대는 모두 물로 잠
기게 될 것 같았다.

「이번에도 버스 소리 같습니다」

그의 말이 끝나자마자 흐릿하게나마 다가오는 버스의 모습
이 눈에 들어왔다.

「순종하는 거죠. 그 분들은 그걸 순응이라고 말해요. 시대
에…… 역사에…… 그 모든 것에!」

밖으로 뛰어나가며 지르는 여자의 마지막 말은 거의 비명
같았다. 버스는 아주 천천히 움직이고 있었고, 능장을 부리듯

천천히 문이 열렸다. 여자가 버스에 올라 젖은 몸을 돌려세우고 나자 버스는 멈출 때처럼 천천히 움직였다. 여자가 왼손을 가슴께까지 들어올리는 것 같았다. 그러나 창에 김이 서려 있어서 그 모습은 흐릿하게밖에 보이지 않았다. 순간 그는 여자의 눈빛이 어땠는지 기억에 없음을 일깨웠다. 동공이 어떤 색깔이었는지, 옅은 고동색이었는지, 아니면 짙은 검은색이었는지조차도…….

그는 의자에 엉덩이를 붙이고 앉아 담뱃갑을 빼들었다. 소나기를 만나기 전 사거리 오른쪽 모퉁이에 있는 양품점 가게에서 그는 88라이트 한 갑을 샀었다. 손톱 소제를 하다 말고 의자에서 일어난 양품점 주인 여자는 신경질적으로 담배와 거스름돈을 계산대 탁자에 소리나게 올려놓았다. 가게를 나선 그는 하늘이 점점 어두워지는 것을 보며 서둘러 지도에 위치를 표시하고 수첩에 〈하나 양품점〉과 가게 주인에 대해 간단히 메모했다.

비가 쏟아지기 시작한 것은 250미터 짜리 전봇대 일곱 개를 지나온 후였다. 되돌아가기엔 너무 늦었으므로 500여 미터쯤 전방으로 보이는 이곳 승강장으로 달려왔다.

빗줄기는 그가 십 분 후쯤 다시 담배 한 대를 피워물었을 때 가늘어지기 시작했다. 그러자 버스를 타고 사라지기 전 여자가 손짓해 보였던 앞쪽의 모습이 드러나기 시작했다. 제일 먼저 그의 눈에 들어온 것은 거대한 두 개의 위성용 파라볼라 안테나였다. 파라볼라 안테나 좌측으로 원통 모양의 건물 벽에는 세로쓰기로 된 대형 문자가 이렇게 박혀 있었다.

## INDUSTRIA 통신

철조망을 친 둘레로는 철탑 초소가 군데군데 서 있었고 민가라고는 한 채도 찾아볼 수 없었다. 그녀가 바로 저 곳 어딘가에 살았다면 어째서 〈INDUSTRIA 통신〉은 그녀에게 그녀의 가족들이 〈INDUSTRIA 통신〉을 위해 이주에 동의했음을 알리지 않았을까? 그는 배낭에서 수첩을 꺼내 적어나가기 시작했다.

폐경기 여인의 자궁을 닮아가는
INDUSTRIA의 하늘
방송 스크립터 먹구름 여사는 첨성대에 올라
사람들은 오늘도
공업용 타르로 된 담배 선전 광고에
눈과 귀를 기울이게 될 것이라는
흡연 충동을 예보한다
오늘은 TAR 11.71mg,  NICOTINE 0.92mg의
연송을 피우는 게 좋겠습니다

—— 오늘로써 고향 마을은 모두 써버렸음 ——

돌이켜보면 고향 마을을 모두 써버린 것은 위성용 파라볼라 안테나로부터 송수신되는 전파들 때문인 것 같았다. 십칠 년이 지나 그녀가 고향에 도착해 목격한 것은 거대한 위성용 파라볼라 안테나로부터 전해 오는 다음과 같은 〈INDUSTRIA 통신〉이었다.

## 조용히 아무 소리 말고 꺼져!

# 태양 슈퍼마켓 커피 자동 판매기

태양 슈퍼마켓 담배 가게 표지판 아래 있는 커피 자동 판매기 앞에 담배를 피워문 20대 중반쯤 돼보이는 세 명의 남자가 그를 불러세웠다.

「너 이리 와봐!」

「저 말입니까?」

그는 슈퍼마켓에서 담배 한 갑을 사들고 나오는 중이었다.

「뭘 꼬치꼬치 캐묻고 있어 짜식아, 이리 오라니까!」

내키지는 않았지만 그렇다고 해서 도망칠 까닭도 없는 것 같았다. 그가 다가가자 대번에 가슴팍으로 발길질이 날아들었다. 그러고는 마치 그가 자동 판매기 동전 투입구에 집어넣을 동전이라도 되는 듯이 멱살을 움켜쥔 손들이 거칠게 그를 자판기 쪽으로 몰아붙였다. 슈퍼마켓 건물 모서리를 돌아선 후미진 장소였다. 그들은 모두 1989년 9월 1일자로 발매되기 시작한 라일락 담배를 물고 있었다.

「지금부터 우리가 네 운을 시험해 볼 거야. 먼저 주머니에 있는 동전 다 꺼내」

담배를 사고 남은 잔돈과 주머니에 남아 있던 것까지 모두 꺼내자 그들은 그를 자판기 앞으로 돌려세웠다. 그들 중 하나가 질끈 씹어문 필터를 뱉어내며 말했다.

「집어넣어」

손가락이 덜덜 떨려 동전들이 제대로 들어가지도 않았다.

「떨 거 없어. 오늘 네 녀석 운이 좋다면 무사히 통과야. 하지만 좋지 않다면 고생 좀 해야지. 올 여름 들어 네가 일곱번 쨴데 그게 어디 행운의 숫자인가 한번 볼까? 아직 한 녀석도 통과한 적이 없었거든」

그가 600원의 동전을 모두 집어넣자 그들은 다시금 그를 돌려세웠다. 그들 중 하나가 그의 발 앞에 벽돌을 놓아주었다.

「그럼 규칙을 말해 주지. 뒤돌아봐선 안 돼. 이 위에 올라서서 네 엉덩이로 블랙, 프림, 율무 세 가지 중에 우리가 원하는 음료 버튼을 누르는 거야. 우리가 원하는 음료가 나오면 넌 통과야. 하지만 엉뚱한 음료가 나오면 네 녀석 불알이 대신 그걸 마시게 해줄게」

창백해진 낯빛으로 그가 더듬더듬 말했다.

「왜…… 그래야 합니까……?」

그의 물음에 그들은 배를 쥐고 미친 듯이 웃어댔다.

「야, 이 자식 봐라. 왜 그래야 하느냐구?」

한참 만에야 엉겨붙었던 웃음을 털어내듯 몸을 곧추세운 그들이 말했다.

「우릴 웃겼으니까 넌 운이 좋은 거야. 한번만 더 주둥일 놀리면 아주 뭉개버려 주지. 우린 심심해. 알겠냐? 우리 세 명이 돌아가며 말할 텐데 한 번이라도 틀리면 게임 끝이야. 준비됐지?」

그들 중 키가 제일 작은 남자였는데 정말이지 너무 심심해서 지독히 따분해 보이는 얼굴이었다. 그가 간신히 고개를 끄덕이자 첫번째 주문이 떨어졌다.

「프림 커피」

엉덩이로 자판기 커피 버튼을 누르게 될 날이 오리라고는 생각지도 못한 일이었다. 그러나 어쩔 수 없었다. 두 번이나 엉덩이로 버튼 부위를 눌렀지만 자판기는 작동되지 않았다.

「그래서야 어디 오늘 해지기 전에 커피 마시겠어?」

그가 다시 한번 힘껏 엉덩이를 밀어붙였다. 자판기가 작동하는 소리가 나기 시작했다. 거대한 톱니바퀴가 맞물려 돌아가는 굉음처럼 들렸다.

「눌렀으면 내려서야지」

작동 소리가 멈추자 앞선 목소리의 남자가 잔을 꺼내드는 소리가 들렸다.

「야 이 자식 엉덩이 제법인데. 다시 올라서. 이번엔 율무야」

그가 맥없이 엉덩이를 갖다 붙이자 두번째로 작동하는 소

리가 났다. 올라서 있던 벽돌에서 내려서자 남자가 그의 코앞
으로 꺼낸 컵을 디밀었다.
「네 엉덩인 이게 율무라고 생각한 모양이지? 아니면 네 녀
석 불알이 블랙 거피를 몹시 좋아하던가. 안 그래?」
　옆에 있던 두 명의 남자가 재빨리 그의 팔을 한 쪽씩 낚아
채자 컵을 들고 있던 남자가 그의 바지춤을 쥐고 잡아당겼다.
「이게 무슨 짓이에요!」
「무슨 짓? 불알 목욕시키는 짓이지」
　곧바로 사타구니에 뜨거운 통증이 밀려들었다. 그는 비명
을 질렀다.
「똥 같은 새끼! 다신 이 지역에서 얼쩡거리지 마, 알겠냐?」
　그가 사타구니를 쥐고 떨고 있는 동안 그들은 주머니에 손
을 끼워넣고 뭉그적뭉그적 멀어져 가고 있었다. 그의 비명 소
리를 들었는지 슈퍼마켓 주인이 다가왔다.
「또 저 녀석들 짓이군. …… 낯선 고장을 여행할 땐 조심해
야지」
　블랙 커피는 바지를 적시고 허벅지 안쪽을 타고 흘러내려
신발에까지 스며들었다. 슈퍼마켓 주인이 돌아서자 그는 조심
스럽게 바지춤을 들췄다. 팬티가 짙은 밤색으로 젖어 있었다.
뜨거운 커피 목욕을 당한 그것은 번데기처럼 쭈글쭈글하게 오
그라들어 있었다. 돌아서서 자판기의 온도 표시기를 확인해
보았더니 다행히도 69도를 가리키고 있었다. 그러나 살이 연
한 부분인데다 갑자기 당한 일이어서 살갗이 따끔거리기 시작

150

했다. 어디 후미진 곳으로 가 옷을 갈아입던가 가까운 냇가라
도 찾아야 할 형편이었다. 하지만 그보다 먼저 그는 가랑이를
벌린 채 조심스럽게 슈퍼마켓 오른편에 있는 공중 전화 부스
쪽으로 다가갔다.

공중 전화 부스로 들어선 그는 태양 슈퍼마켓에서 구입한
1987년 4월 20일자로 발매되기 시작한 솔 골든 라이트를 한
개비 빼물고 지도를 꺼내 이곳의 위치와 끔찍한 블랙 커피 목
욕에 대해 간단히 적어넣었다. 담배를 다 피우고 나서야 그는
송수화기를 들었다.

「저예요, 아버지」

십여 년이 넘게 집에 전화를 걸 때면 그는 언제나 그렇게
말했다.

「그래. 여행은 어떠냐?」

사타구니의 불쾌한 감촉에 그는 허리춤에 손을 넣어 팬티
가 달라붙지 않도록 주의하며 말했다.

「견딜 만해요」

「여행중엔 항상 일기 예보에 귀를 기울이거라」

「예」

자칫하면 방금 전 사건이 튀어나올 것 같아 머뭇거리는 동
안 예기치 못했던 이야기가 튀어나왔다. 그가 중학교 이학년
때의 일로 생각보다도 입이 먼저 끄집어올린 기억이었다.

「제가 중학교 이학년 때 아버지가 제게 어떤 여잘 한번 만
나보겠니? 라고 말씀하셨던 일을 기억하세요?」

「물론이다. 너도 그 일을 기억하고 있니?」

「그럼요, 그 음흉스런 열다섯 살을 기억 못 해요?」

「음흉스러워? 열다섯이?」

「아버지하고 대중 목욕탕에 가지 않기 시작했던 게 그 해부터였던 걸요」

그것 말고도 일기장이 든 서랍을 자물쇠로 채우기 시작했던 게 그 해였고, 밥상머리에서 사용하는 아버지의 이쑤시개가 비위를 상하게 했던 것도, 도시락 반찬에 더 이상 기대를 갖지 않기 시작한 것도, 아버지가 노크도 없이 자신의 방으로 불쑥불쑥 들어서는 일로 곧잘 신경질을 부리던 것도 그 해였다.

「……그랬구나」

「아버지가 그때 제 앞에서 얼마나 쩔쩔맸는지 아세요? 중국 음식점에서 함께 저녁을 먹고 나서였어요. 제가 입을 꽉 다물고 있는 게 불안해 아버진 연신 제 의견을 물으셨어요. 그럼 뭐하지? 이 분은 커피를 마시고 싶은 모양인데, 라고 말이에요. 전 아버지 사정을 봐줄 생각은 눈곱만큼도 없었다구요. 지금도 아버지를 바라보던 그 여자분 얼굴이 눈에 선해요. 아마 애하고 노는 모습을 옆에서 구경이나 하려고 이 자리에 나온 건 아닌가 싶은 생각을 하고 있었을 거예요. 아버진 절 어떻게 다루어야 할지 모르신 거였어요」

결국에는 그가 아버지의 옷소매를 잡고 그만 집으로 돌아가자고 졸라대는 것으로 그 여자와의 만남은 끝이 났다.

「그런데 아버지. 아버지 첫 데이트였던 그때 왜 절 데리고 나갔는지 그게 궁금해졌어요. 지금 막 말이에요」

「너는 내 하나뿐인 가족인걸?」

아버지의 대답이 너무 간단해서 그는 실망했다는 투로 말했다.

「하지만 첫 데이트였잖아요. 몇 번 만나 이 여자다 싶었을 때 절 인사시킬 수도 있었잖아요」

「난 그런 생각 못해 봤다. 그 자리에서 우리 둘 다 마음에 들어야 했어」

「……열다섯이란 나이가 얼마나 음흉스러웠는지…… 그래서 말씀드리는 거예요, 아버지」

「뭐라구?」

「죄송하다는 말씀드리는 거라구요!」

목청이 높았던 모양이었다.

「너…… 화났니?」

「죄송해요, 아버지. 갑자기 톤이 이상해졌어요. …… 말씀 드린 적은 없지만 후로 전 아버지가 제게 다시 어떤 여잘 한 번 만나보겠니?라고 말씀하시면 다시는 그런 어리석은 짓은 하지 않겠다고 몇 번이나 다짐했는데 그게 마지막이었어요」

공중 전화 부스 안이 몹시 무더워 그는 발로 문을 열어젖혔다.

「그렇게 단정지을 것 없다. 그런 게 기회라면 나한테도 기회는 또 있어」

「정말이죠? 정말 그렇게 생각하시는 거죠?」

「난 아직 늙지 않았다」

「고맙습니다, 아버지」

「참 방금전까지 창고를 청소했는데 거기서 옛날에 네가 타던 세 발 자전거를 발견했단다. 안장까지 쇠붙이로 된 것이었는데 이젠 알아보기도 힘들 만큼 녹슬었더구나. 내다버릴까 하다가 너한테 보여주고 나서 그래도 늦지 않을 것 같아 내버려두었다」

「자전거는 자전거대로 자라나는 방식이 있어요」

「그래. 그만 쉬거라」

「다시 걸게요. 안녕히 계세요」

공중 전화 부스를 나서자 그는 먼저 옷부터 갈아입을 만한 장소를 찾아야 한다는 생각이 들었다.

# 아폴로 커피숍에서 바라보이는
# 43미 강의실

  2학년 봄 학기가 시작된 지 며칠 지나지 않은 어느 날 그는 교문을 삼십여 미터쯤 앞둔 횡단 보도 앞에서 아무도 모자를 쓰지 않은 학생들 무리 옆에 서 있었다. 매일 아침 들르는 커피숍으로 가는 길이었다. 학생들이 떠드는 소리가 들려왔다.

「내 머릿속엔 거지가 들어간 모양이야. 학교에만 오면 배가 고파지거든」

  그러자 안경을 낀 여학생 하나가 경멸스럽게 말을 받았다.

「배가 고픈데 머릿속에 거지가 들어간 모양이라구?」

「난 먹은 게 모두 머리로 가거든. 오늘 포트란 시간에 배울 미로 출구 찾기 프로그램도 이미 내 머릿속에서 깡그리 소화가 됐어」

남학생이 예습까지 해왔다는 게 별일이다 싶었는지 여학생
은 표정을 허물어뜨리며 물었다.

「어떻게?」

「간단해. 오른쪽이나 왼쪽 벽만 집고 쭉 따라가면 돼. 나아
갈 길이 막혔다 하더라도 그건 결국 한 바퀴를 돌아나오는 일
이 되니까 언젠가는 미로의 출구가 나타나는 거지」

「그게 네가 알아냈다는 방법이냐?」

「그래, 어때?」

「너 어디서 보긴 본 모양인데 그건 너무 시간이 많이 걸려.
네가 출구를 찾기도 전에 졸업식이 먼저 시작될 걸」

다른 남학생이 말했다.

「하지만 출구는 틀림없이 나타난다구」

「물론 그럴 테지. 그런데 난 튀김을 먹을 건데 너희들은 출
구가 적혀 있는 차림표를 깨물어 먹을래?」

여학생의 말에 한동안 서로 얼굴을 마주보던 남학생 하나
가 심각한 표정으로 말했다.

「그렇게 비꼴 것까진 없잖아. 우리도 물론 직접 결과치를
먹을 때가 있다구. 튀김도 그중의 하나지만」

횡단 보도를 건너자 그들은 〈흐르는 카페〉 건물을 돌아 튀
김집이 늘어선 골목으로 사라졌다. 그는 대형 문구점 앞을 지
나 1.5톤 포터가 전시된 자동차 대리점 쪽으로 걸음을 옮겼
다. 4301강의실은 양복점과 금은 보석집에서도 좀더 거슬러
올라가야 보였다. 학교 후문에서 그다지 멀지 않은 지점으로

그는 후문으로 등교해 강의가 끝나면 지나쳐 온 정문 쪽으로 돌아가곤 했다. 후문을 한 블록 앞둔 2차선 도로를 거슬러 올라가다 보면 중국 음식점과 슈퍼마켓이 나타났다. 철물점에서도 사기 힘든 온갖 잡동사니들을 고루 갖춘 그 슈퍼마켓 바로 옆 건물 1층이 그가 자주 들르는 아폴로 커피숍이었다. 그러나 아폴로라는 상호와 걸맞는 분위기는 어디에서도 찾아볼 수 없는 커피숍이었다. 1969년 아폴로 11호가 최초로 달 착륙에 성공한 일을 떠올리게 할 만한 사진이 걸려 있는 것도 아니었고, 일찍 자고 일찍 일어나는 아폴로 문화권의 생활 방식과는 거리가 먼 30대 중반 여자가 주인이었다. 그곳에서 그는 시끄럽지도, 까다롭지도 않은 손님이었고, 간단한 아침 정도는 함께 하자는 권유를 받을 만큼 단골이기는 했다.

아폴로 주인 여자가 첫 임신을 한 것은 열여덟이었다. 스무 살 땐 세번째 남자의 사랑을 믿고 아이까지 출산했지만 남자는 아이가 태어난 지 일 주일 만에 사글세 보증금을 빼내 달아나버렸다. 그녀는 아이를 안고 집으로 들어갔는데 그녀의 어머니는 그녀가 짐승 같은 일을 저질렀다며 기절해 깨어나려 들지 않았다. 하는 수 없이 그녀는 아이를 떼어놓고 도망치다시피 집을 빠져나와 또다시 아이를 갖는 일 말고는 닥치는 대로 했다.

아침마다 들르는 그에게 주인 여자는 한 잔 값만 지불하면 잔 수에 관계 없이 커피를 내다주었다. 그가 단골로 눌러앉게 된 것도 그 때문이었다.

　그날은 여덟시 반이 조금 안 된 시각이었는데 그 며칠 전 주정뱅이의 발길질에 수난을 당했던 출입문을 밀고 들어서자 분위기가 험악했다. 아들 녀석과 말다툼을 벌이는 중이었다. 여자는 잔에서 넘쳐흘러 받침대에 흥건하게 고인 커피를 묻지도 않고 내왔다. 화가 단단히 난 모양이었다.

　「도대체 학교엔 왜 안 가겠다는 거야?」

　「오늘이 우리 학교 개교 기념일이라고 말했잖아요」

　「너 정말 엄마를 속이려 들 거야? 지난번에 엄마가 너희 학교 개교 기념일이라고 표시해 놓았던 달력 보여줄까?」

　「그땐 개교 기념일이 아니라 삼일절이었어요」

　「너 엄마를 이젠 개교 기념일과 삼일절도 구분 못하는 사람 취급하는 거야?」

　흥분으로 벌겋게 달아오른 그녀가 의자를 박차고 일어나 TV 수상기 옆에 걸린, 눈 덮인 호수가 펼쳐진 달력의 2월 17일을 집어보였다. 그건 불과 한 달 전이었다.

　「그땐 안 가도 되는 날이었어요」

　「공휴일도 아닌데 안 가?」

　「그래요, 안 가요!」

　꼬챙이처럼 뾰족해진 아이의 대답에 그녀는 한동안 아이를 노려보다가 그를 향해 어떻게 안 되겠어?라는 듯이 난감한 표정을 지어보였다. 그들 모자 사이에 끼여들고 싶은 생각은 없었지만 주인 여자의 푸념석인 표정을 외면할 수만은 없어 그는 아이에게 다가섰다.

「앉아서 얘기 좀 할까?」

「아저씨가 뭔데요? 내 앞에서 잘난 척하려는 생각은 집어 치워요」

목구멍까지 치민 아이는 울화는 아이스크림 같은 살집 때문에 녹아 흐물거리는 듯 보였다. 이게 열네 살짜리 소년의 몸집이로구나 싶었는데 아이가 갑자기 앞자리에 털썩 주저앉았다. 주인 여자가 재빨리 말했다.

「내가 커피 더 가져다 줄게」

「나도 커피 주세요」

「넌 주스 마셔」

「싫어요, 커피요」

주인 여자는 애가 어째서 이 모양인지 모르겠다는 난감한 표정을 지었다.

「내년이면 나도 열다섯 살이란 말이에요」

「열다섯이면 그게 어쨌는데?」

녀석은 한동안 뜸을 들이다가 말했다.

「그땐 엄마가 무슨 말을 해도 난 모터사이클을 살 거라구요」

「주스를 마시겠니, 아니면 엽차를 마시겠니?」

그의 말에 아이는 경멸 섞인 분노의 빛을 떠올리며 말했다.

「우리 엄마가 바꿔치기 한 남자만 해도 둘은 더 됐어요」

주인 여자의 얼굴이 하얗게 질리고 있었다. 그가 말했다.

「물론 안 마셔도 돼」

「내가 말했죠. 잘난 척하지 말라구요」

마침내 주인 여자가 달려들어 아이의 뺨을 후려쳤다.

「이 놈의 새끼! 엄마가 그렇게 가르쳤어?」

여자는 손까지 부들부들 떨고 있었다. 그녀의 호통에 아이는 한풀 꺾인 모습이었다. 여자가 주방 쪽으로 사라지고 난 후로도 한동안 입을 열지 않던 아이가 말했다.

「우리 엄마한테 추근대지 말라구요!」

그는 빙긋이 웃음을 떠올렸다. 딱히 뭐라고 해줄 말이 없어 눈가를 매만지며 졸린 듯한 표정으로 허리를 굽히려는 순간 주먹이 날아왔다. 가까스로 그는 얼굴을 피했고, 주먹은 그의 오른쪽 어깨에 꽂혔다. 등뒤에서 달걀이 떨어져 깨지는 듯한 소리가 났다. 주인 여자가 쟁반을 늘어뜨린 채 멍하니 서 있었다. 아이는 그의 얼굴에 주먹을 꽂지 못한 게 못내 분한 듯 씩씩거렸다. 바닥에는 짙은 갈색 커피와 노란색 주스가 섞여들고 있었다. 초콜릿이 든 아이스크림이 녹아내린 것 같았다.

시계를 바라보던 그가 말했다.

「이젠 학교에 가야지」

아이는 주방을 지나 방으로 들어갔다. 주인 여자가 비로 깨진 유리 조각들을 쓸어모으는 동안 가방을 들고 나온 아이는 잠시 그를 노려보더니 사라졌다.

「커피 다시 가져올게」

여자는 커피 포트째 가져와 그의 옆에 앉았다.

「그러다 얼굴을 맞았으면 어쩔 뻔했어?」

「남자들한테 유감이 많은 모양입니다. 우리 엄마한테 추근대지 말라고 경고하더군요」

「그래서 뭐라고 했지?」

「아무 말도 안 했습니다」

「나한테 추근댄 적이 있기는 한 거야?」

여자는 손가락으로 그의 손등을 간질이는 장난을 쳤다. 십년 차이도 더 나는 여자의 손 장난을 받아본 적이 없어 그는 가만히 앉아 있었다.

「……모르겠습니다」

손을 빼내 의자 등받이에 몸을 기대며 그가 말했다.

「일하는 아가씨들은 아직 안 나왔나요?」

「그 애들은 열시나 돼야 나올 걸. 오늘은 학생이 빠른 거야」

말을 마치자 여자는 곧장 그의 무릎에 올라앉았다. 여자의 머리칼이 그의 얼굴을 가렸다. 라일락 향 샴푸 냄새가 났다. 여자가 머리칼을 쓸어모아 한쪽으로 넘겨 그의 시선을 터주는 동안 엉덩이가 그의 사타구니에 마찰을 가해 왔다. 마치 계란으로 그 곳을 마사지 받는 듯한 기분이었다. 느끼하게 부풀어 오르는 사타구니의 그것에 그는 불편함을 몰아내듯 말했다.

「이게 감사 표현이라면 좀 어리둥절한데요」

「그럴 거 없어. 내가 아는 한 세상에 공짜 거래는 없으니까」

한참 만에야 그가 여자의 허리에 손을 얹으며 다시 말했다.

「괜찮겠어요?」

「왜 떨려?」

「……모르겠습니다」

여자가 머리를 뒤로 젖혀 그의 목을 감싸안았다. 귓불에 더운 숨결이 와닿는 게 느껴졌다. 허리에 머물러 있던 그의 손이 여자의 가슴으로 비집고 들었다. 브래지어를 위로 밀어 올리자 감싸쥐기에는 너무 큰 가슴이 손 안에 들어왔다. 해파리를 씹듯 그의 입술을 잘근거리던 여자가 거칠고 무더운 숨결을 쏟아내며 흐트러진 중심을 바로잡았다.

「방으로 들어갈까」

여자가 손을 뻗어 그를 일으켜 세웠다.

「거기 멋진데?」

주방을 지나 방으로 들어서자 여자는 뒤꿈치에 걸린 팬티를 발가락으로 벗겨내며 말했다.

「손님이 올지도 몰라」

그도 아랫도리만 벗었다.

「좋은데?」

여자가 말했다. 그는 원피스 속에 숨어 있는 여자의 가슴을 애무해 주고 싶었지만 마주보는 자세는 피하고 싶었다. 이런 아침 시간에 말끔한 차림새로 하체만 맞닿은 모습은 별로 얌전치 못하게 여겨졌다. 그가 머뭇거리자 침상에 몸을 눕힌 여자가 말했다.

「왜 마음에 안 들어?」

「……아침이라서 그런 가봐요」

그는 말을 뱉어내고 나서야 아침이 이런 경우에는 써먹기 괜찮은 명사라는 사실을 일깨웠다. 여자는 무슨 생각이 들었는지 웃음을 떠올리며 말했다.

「그럼 이거?」

여자는 뒤로 돌아 엉덩이를 치켜올린 채 원피스 자락을 허리까지 걷어올렸다.

「애한테 미안한 생각이 드는데요」

「애한테? …… 그런 말은 또 처음이네」

여자가 흰 이를 드러내며 웃었다. 살이 불기 시작한 여자의 허리에 물결이 일었다. 여자는 몸을 움직이는 게 불편했던지 도중에 원피스를 벗어던졌다. 몸에 착 달라붙은 살색 란제리가 나타났다. 첫번째 양파 껍질을 벗겨낸 것 같았다. 밀려 올라간 브래지어 끈이 보였다. 소파에서 가슴을 애무할 때 자리를 벗어난 그대로였다.

「학생이 우리 집에 들르기 시작한 지가 얼마나 됐지?」

「글쎄요…… 두 달? 처음엔 어쩌다 한 번씩 들렀는데……」

「난 학생이 우리 집에…… 처음 들어서던 그날…… 오늘 같은 일이 벌어지리란 걸 알았어」

그는 말을 하지 않았다.

「학생도……그걸, 그걸 알고 있었어. …… 분명히…… 내 말이 틀려?」

여자는 거친 호흡 속에 쉬지 않고 말을 흘려보냈다. 그는 란제리를 여자의 겨드랑이까지 밀어올렸다.

「손님이 오면…… 어떻게 하지……?」

「그래도 원피스는…… 입어야 할 겁니다」

「……보기 보단 욕심도 많은데……?」

여자는 란제리에서 머리를 빼냈다. 두번째 껍질이었다. 단전으로부터 퍼져나오는 자율 신경 덩어리가 파도를 타는 듯싶자 여자는 재빨리 몸을 빼내 돌아누웠다. 마지막은 자기 방식으로 끝내려는 것 같았다. 그는 여자 위로 몸을 부리며 끈이 스판인 여자의 브래지어를 벗겨냈다. 세번째 껍질인 셈이었다. 키스는 하고 싶지 않았다.

「말해 봐. 학생도 그걸 알고 있었지?」

여자의 손이 그의 상의 단추를 풀기 시작했다. 그는 서로가 양파 껍질을 까나가고 있다는 생각을 했다. 여자의 입술과 표정이 일그러들기 시작했다.

「무슨…… 생각을 해? 지금, 지금…… 말이야?」

「양파……」

눈밑샘 훨씬 뒤쪽과 고환 어디께쯤이 동시에 폭발했다. 여자의 다리가 한동안 마지막 여운을 놓치지 않으려는 듯이 그의 허리를 조여들었다. 마지막으로 그는 여자의 가슴에 살짝 입을 맞추며 떨어져 나왔다.

한참 만에야 여자는 널브러진 옷가지 같았던 몸을 일으켜 세워 경대 앞으로 다가앉았다.

「거기 담배에 불 좀 붙여줘」

목욕용 타올이 든 바구니 옆으로 재떨이와 함께 놓인 담뱃 갑이 보였다. 1988년 2월 1일자로 발매되기 시작한 88맨솔이 었다.

「그런데 아까 양파를 생각하고 있다고 했어?」

그는 내장을 빼낸 연체 동물 같은 팬티를 주워들고 여자 쪽으로 시선을 돌렸다.

「요리할 때 쓰이는 양파죠」

「담배 좀 달라니까」

그가 담배에 불을 붙여 건네자 여자는 거울에다 대고 담배 연기를 끼얹었다. 연기가 여자의 젖가슴을 뿌옇게 흐려놓았다.

「여자가 나이 어린 남자하고 관계를 갖고 나면 제일 불안 해 지는 게 뭔지 알아?」

「글쎄요」

「……추잡한 동물이 되어버렸다는 느낌이 드는 거야. 최소 한 여자나 누나 뭐 그런 자리에서 말이야」

「같은 문제로 주저했군요. 그건 저도 마찬가지니까요」

무난한 동생뻘에서 만만한 남자가 되는 건 싫다는 기분으 로 그가 말했다. 한참 만에야 여자가 입을 열었다.

「그래, 하지만 학생은 이해하기 힘들 거야. …… 이런 일 은 위험 부담이 커. 특히 여자한테는 말이야. 사실 난 학생이 고작 한다는 말이 양파 어쩌구 하는 게 불안해서 그래」

여자가 담배를 다 피우기를 기다려 그가 입을 열었다.

「무슨 말인지 알 것 같습니다. 하지만 그건 저로서도 어쩔 수 없는 일입니다. 사실이 그러니까요」

거울 저편으로 머리칼을 쓸어넘기는 여자의 얼굴엔 욕정이 가신 자리로 허기가 든 것 같은 미소가 번져들고 있었다. 그는 주섬주섬 옷가지를 꿰입기 시작했다.

주방을 통해 홀로 나와보니 여전히 손님은 아무도 없었다. 시간은 첫 시간 강의에서 십오 분쯤 지나 있었다. 커피숍 유리창 밖으로 그가 수업에 들어갔어야 할 6강의동 4301강의실 유리창들이 거울처럼 반짝거리고 있었다. 그는 커피숍 출입문을 밀고 밖으로 나섰다.

# 풍을 피하는 머윗잎 처방법

「내가 토룡탕이란 걸 먹게 될 줄은 나 자신도 몰랐어요. 하지만 몸에 좋다는 것은 다 먹어야 한다는 것이 지금의 내 생각이에요」

그는 지금 모닥불 열기만이 아닌 한반도를 휩쓸고 있는 건강 식품 열기에 사로잡혀 있었다. 저녁 여덟시쯤 세 대의 승용차를 타고 나타난 사람들이 그의 텐트 옆에 자리를 잡더니 모닥불을 피우고는 기어이 그를 술좌석으로 끌어들였다. 그만그만한 기업체의 중견 간부쯤 되거나 개인 사업으로 제법 경제적 안정을 이룬 사람들 같아 보였는데 오랜만에 만나 산 좋고, 물 좋다는 곳을 찾아 떠나온 동창생들끼리의 모임이라고 했다. 그들은 대학생이라는 말만 들어도 그 신분이 지닌 젊음과 열정에 감동한다고 말했다.

「나도 한땐 늙을 것 같지 않던 시절이 있었습니다. 세상의 중심이 내 안에 있다고 믿어 의심치 않았던 시절이었습니다. 그 시절을 떠올리기만 해도 감동스러워요」

처음 군대 얘기로부터 시작된 화제가 사업 얘기로 치닫더니 급기야는 건강 문제로 옮아갔다. 여섯 명 모두가 다들 술로 벌겋게 상기된 얼굴을 하고 있었는데 그들 중 하나가 은밀한 투로 말을 꺼냈다.

「이건 우리 가족이 쓴 풍(風)을 피하는 머윗잎 처방 비법에 해당하는 것인데 잘 들어둬요. 혈압이 높아 종종 뒷골이 당기는 분들이나 집안 내력이 그러신 분들은 서둘러야 할 겁니다. 한 번 처방에 평생 풍을 피하는 것이니 비법 중에 비법이죠」

「허어, 윤 선생 그런 걸 혼자만 알고 있었단 말이오?」

그러자 윤 선생이란 남자가 겸연쩍은 듯이 모닥불을 들척이며 말했다.

「그래서 지금 말하려고 하지 않습니까. 먼저 준비할 것은 계란 흰자인데 반드시 수정란의 흰자이어야 돼요. 머윗잎 네 장을 나무 절구에 넣고 쪄서 준비하구요, 티스푼으로 삼사 스푼의 정종 술이 필요합니다. 그리고 소금에 절인 매실 한 개를 즙을 내서 받아둡니다. 그런 다음에는 앞서 말한 네 가지 것들을 순서대로 넣고 나무나 플라스틱으로 된 절구에 넣어 오른쪽으로 육백 번 돌려 즙을 냅니다. 반드시 오른쪽으로 육백 번이어야 합니다. 그 즙을 한번에 마십니다. 양이 얼마 되지도 않지만 한 모금에 마셔야 합니다. 주의 사항은 쇳가루가 나오면 안 되기 때문에 쇠 절구를 쓰면 안 된다는 겁니다. 아시겠죠?」

다들 골똘한 표정으로 남자의 말을 새겨듣고 있었다.

「명예니, 권력이니, 돈이니 하는 게 있으면 뭐해요. 이제 겨우 그런 여유가 생겼는데 덜컥 쓰러진다고 생각해 봐요. 아찔합니다」

「그럼요, 지금껏 앞만 보고 달려온 사람들에게 이런 처방은 진위를 떠나 정말 달콤합니다」

「진위를 떠나다니요? 그럼 제가 거짓말이라도……?」

「그러니까 제 말은 이거야말로 벽에 똥칠을 하며 살지 않아도 된다는 보장 같은 게 아니냐는 거지요」

다들 한바탕 웃음을 터뜨리고 나자 말을 마친 남자는 필기구를 꺼내와 처음부터 하나하나 따져가며 적고 있었다. 오른쪽으로 육백 번이라든가, 한 모금에 마셔야 한다는 따위가 그에게는 생소하지만은 않은 생소함을 일깨워놓았다. 그것은 마치 어린 시절 학교에서 집으로 돌아가는 길에 멀리 보이는 담배 가게 표지판까지 눈을 감고 걸음을 헤아리다 눈을 뜨면 눈앞에 담배 가게 표지판이 있을 거라는, 그것이 들어맞는 날이면 아빠가 선물 꾸러미를 들고 현관문을 들어설 것이라는 기대를 버리지 않았던 일 같기만 했다. 그러자 내일은 한번 눈을 감고 자전거를 타봐야겠다는 생각이 들었다.

「자! 건강을 위해 건배합시다. 그리고 다음부턴 우리도 뭔가 건강을 위한 취미를 갖도록 합시다」

# 소라

대기는 상쾌했다. 차들이 뜸한 한적한 신작로에는 간밤에 내린 비로 곳곳에 물웅덩이가 생겨났다. 우마차가 지날 정도의 폭보다 조금 넓은 도로였다. 그는 물웅덩이를 피해 천천히 페달을 밟았다.

그 집은 100여 미터 떨어진 신작로에서도 확연히 눈에 띄었다. 철거되지 않은 채 방치된 담배 가게 표지판은 대문 오른쪽 기둥에 박혀 있었다. 왼쪽 기둥엔 국기봉을 꽂는 자리가 그대로 남아 있었고 대문과 이어진 곳간은 반쯤 허물어져 있었다. 자전거에서 내려선 그는 사랑채의 검게 그을린 추녀 서까래 아래로 들어섰다. 추녀에 둥지를 틀었던 새들도 떠난 모습이 역력했다. 잡초가 무성한 뜰로 들어서자 툇마루 앞에 고양이 한 마리가 그를 노려보고 있었다. 낯선 이방인에 대한 경계였다. 이 집 주인이 떠난 후 녀석은 이곳을 혼자 독차지한 모양이었다. 그가 다가가자 녀석은 후다닥 부엌을 통해 뒤뜰로 달아났다. 초가 지붕 위로 피뢰침처럼 삐져나와 남풍에 하늘거리는 망초대들이 보였다. 떨어져나가지 않고 남아 있는 문짝들은 모두 삐딱하니 열려 있었다.

간밤의 끔찍했던 폭풍우는 폐가 안방에도 그 자취를 남겨 놓고 있었다. 이미 오래전에 검게 변색된 벽지와 회푸대 종이에 콩기름을 먹여 바른 바닥 장판도 괸 빗물로 허옇게 들고 일어나 있었다. 미닫이 창문이 있는 남향 벽으로 다가가던 그는 창문 오른쪽 벽에 스카치 테이프로 붙인 16절지에 쓰인 글을 발견했다.

〈우린 떠나. 소라가 안 됐어. 새로 이사들 도시 집에는 소라가 놀 만한 공간이 없기 때문이야. 이 집에서 혼자 조용히 살게 될지도 모르지만 우리가 떠나면 굶어죽지 않기 위해서라도 소라는 들고양이가 될 거야. 지난밤 나는 이부자리 속에서 언니 몰래 기도했어. 이곳에 묻힌 할머니께서 소라를 지켜봐 주시길 말이야. 하지만 내가 소라를 우물에 던져넣어 죽이려고 했던 일을 용서해 달라고 기도드리진 않았어. 이런 식으로 떠나게 될 줄 알았더라면 소라한테 그러는 게 아니었는데, 하는 생각이 들기는 했지만…… 우리가 왜 소라를 두고 떠나야 하는지, 전학 가는 학교에서는 어떤 친구들을 사귀게 될지, 내가 이곳에서 있었던 일들을 결국은 잊어버리게 될 건지에 대해서도…… 언닌 우리들의 하루가 들꽃을 꺾어오는 일에서 꽃

꽂이를 배우는 일처럼 달라질 거라고 말했지만, 그게 얼마만큼의 어떤 변화일지, 정말이지 뭐가 뭔지 모르겠어. 분명한 건 언젠가는 내가 자살을 해야 한다는 사실뿐이야. 나는 어른이 되어서도 행복하지 못할 거야. 만약 내가 행복해진다면 그것만큼 불행한 일도 없을 거라는 생각이 들어. 하지만 왜 내가 불행해져야 하는지도 나는 모르겠어. 내일 우리를 실은 차가 여길 떠날 때면 난 그 문제를 곰곰이 생각해 볼 참이야. 안녕, 소라.〉

방금 전 뒤뜰로 달아났던 고양이는 창문 밖 반쯤 무너진 돌담 아래 웅크리고 앉아 그를 노려보고 있었다. 산들바람이 이마에 맺힌 땀을 훔치며 지나갔다. 그는 셔츠 단추를 풀어헤친 채 담배를 피워물었다. 담 너머로는 참깨 밭이 보였다. 올곧게 뻗은 참깨 대공이 바람에 산들거리고 있었다. 돌담은 호박 덩굴로 무성하게 뒤덮여 있었다. 주인은 떠났어도 호박 덩굴은 꽃과 열매를 매달고 열매는 연록의 것에서부터 진록을 거쳐 황톳빛에 가까운 늙은 것들까지 매달고 있었다. 하나의 덩굴에 마치 세도가의 대가족처럼 다양한 세대들이 각기 정해진 자리에서 작은 것은 작은 것들대로, 큰 것은 큰 것들대로, 생긴 자태대로 여물고 있었다. 그것들은 전자 교환기보다 더 완벽한 하나의 시스템처럼 작동하고 있었다.

여기서는 인근 시내라고 해봐야 25Km가 넘었다. 드문드문 흩어진 인가를 모두 합해도 스무 가구가 넘지 않았던 터라 이

집 주인이 떠나기 전까지 여기서는 간단한 생필품에서부터 담배와 술을 팔았다. 주인 농부가 즐겨 피우던 담배는 캔 포장으로 된 100g들이 파이프 담배 하루방이었다. 그는 그것을 쌈지에 담아 파이프와 함께 늘 몸에 지니고 다녔다. 눈을 뜨면 파이프를 무는 일부터 시작해 물결 모양으로 이어진 산허리 밭들의 김매기로 여름 해를 보냈고, 늦은 저녁 풀 지게를 지고 들어서는 일과로 늘 부지런할 것도 없는 부지런을 떨어야 했다. 쇠죽을 끓이는 가마솥에서 쉭쉭거리는 김이 새어나오기 시작할 무렵이면 마치 담배는 농부의 삶의 막간이기나 하듯 한가로운 연기를 흘려냈다.

대문을 나서자 돌담 옆으로 이어진 참깨 밭에는 참깨보다도 달맞이꽃대가 더 많았다. 더 이상 농부의 손길이 미치지 못하는 곳으로 무성하게 짙어가는 여름이 얼굴을 내민 모습이었다. 그 자리는 언제 그런 일이 있었냐는 듯싶게 무덤덤한 공간이었다.

# 하늘나라로 이르는 1024번 국도

두 갈래 길이었다. 가파른 경사를 어렵사리 오르던 그는 표지판과 함께 두 갈래로 뻗어난 길 앞에 이르러 자전거를 멈췄다. 왼쪽이 구도로였고, 새로 난 길은 오른쪽으로 뻗어 있었는데 아직 아스팔트 포장을 입히기 전이었다. 여름은 턱 밑 침샘 아래쪽에서 핏대를 세우며 벌떡거리고 있었다. 자전거에서 내려선 그는 수통의 물로 입안을 헹구고 이마의 땀을 훔치며 마치 철지난 해수욕장처럼 잡초들로 어질러진 구도로 쪽으로 눈길을 돌렸다.

## 경고 : 더 이상 나아갈 수 없음

그 표지판은 구도로 입구 오른쪽 소나무 그늘 아래 서 있었는데 이미 군데군데 페인트칠이 벗겨져 나가 차를 멈추고 자세히 표지판을 들여다보지 않는다면 멀리 도로와 맞닿은 고 갯마루 쪽 공지선을 향해 나아가라는 방향 표지판 같았다. 포 장 도로 군데군데 한가운데까지 삐죽하니 고개를 내민 잡초들 로 칠칠맞은 짐승 사타구니처럼 보였지만 이단 기어로 잔뜩 액셀러레이터를 밟고 달려온 운전자들이 별 망설임 없이 들어 서기 십상인 도로였다. 주저 말고 힘껏 액셀러레이터를 밟지 않으면 곤란하다는 점잖은 충고처럼 표지판이 서 있었던 것이 다. 그 흔한 입구를 가로지른 방책 하나 눈에 띄지 않는 걸로 보아 구태여 통행을 제한할 필요까진 없는 모양이었다. 하긴 누가 새로 난 오른쪽 비포장 도로로 접어들어 풀풀 먼지를 피 우며 지날까 싶은 생각이 들기도 했다.

다시 다리에 힘이 붙자 그는 자전거를 끌고 포장 도로를 오르기 시작했다. 종아리를 타고 스멀거리는 열기만 끼쳐오를 뿐 바람 한 점 없는 날씨였다. 고갯마루까지 이르는 도로는 헐벗은 산허리를 급박하게 감고 올라 가쁜 심장 박동과 오금 을 풀어헤치는 오후 세시의 살인적인 햇살, 그리고 기압의 변 화까지 겹쳐 머릿속이 온통 튀어나갈 출구를 찾는 팝콘으로 가득 들어찬 것 같았다. 그래도 그는 어떤 사연이 있어 걸어 서 이 고개를 넘어간 많은 사람들을 떠올리며 허리를 굽혀 하 체에 힘을 가했다.

보이는 것이라고는 정말 보잘것없는 언덕 꼭대기였다. 멀 리 오른쪽 산허리로 허옇게 드러난 채석장이 보였고, 고압선 이 지나는 산등성이 못 미처 실개천이 지나고 있었는데 군데

군데 솔잎혹파리로 죽은 소나무 숲은 적갈색을 띠고 있었다. 도로는 의심의 여지 없이 채석장을 향해 뻗어 있었다.

한동안 호흡을 가다듬고 나서야 그는 내려갈 채비를 갖췄다. 바람이 없어도 내려가는 길은 바람을 만들며 지나게 될 것이었다. 사람들은 왜 힘들여 산을 오르려 드는가. 그런 이유 중에는 이러한 작은 기쁨도 들어 있을 것이라는 생각으로 그는 자전거에 올랐다. 속도가 붙자 더운 바람이 얼굴을 훑고 지났다. 엄동설한의 북풍처럼 콧구멍이 두 개라는 분명한 사실을 일깨우며 지나는 바람이었다. 그래도 몸에서 열기가 훅 하니 끼쳐오르는 것보다는 훨씬 상쾌했다. 마주오는 차량도 없었으므로 그는 속도를 줄이지 않고 커브길을 돌았다. 그렇게 1km쯤 달려 왼쪽으로 방향을 틀자 갑자기 십여 미터 남짓한 오르막 길이 나타났다. 내려오던 속도에 의해 그가 힘들이지 않고 그 자그마한 언덕에 이른 순간 그곳에 있는 표지판을 발견했다. 그러나 길이 다시금 급박하게 왼쪽으로 꺾여 있는데다 자전거를 세우고 표지판을 읽어볼 만큼 멍청한 짓을 하고 싶지는 않았다. 그는 단지 이렇게 외쳤을 뿐이었다.

「세상 모든 표지판은 꺼져버려라!」

그리고 그 말이 채 끝나기가 무섭게 사고는 순식간에 일어났다. 핸들을 꺾은 왼쪽 길로 접어들자 흙무덤이 곧장 코앞으로 다가들었던 것이다. 브레이크를 잡았지만 그의 몸무게를 온전히 자전거 위에 고정시킬 그 어떤 수단도 없었다. 그는 간단히, 그리고 아무렇게나 흙더미에 쑤셔박혔다.

눈을 뜨기가 겁이 나 그는 먼저 팔다리부터 시작해 신체 하나하나를 움직여 보기 시작했다. 뼈와 신경과 근육으로부터 통제를 벗어난 부위가 있다면 실컷 욕설이나 퍼부어줄 도리밖에는 없었다. 왼쪽 옆구리가 찌르는 듯이 아프기는 했지만 다행히도 말을 듣지 않는 부위가 없음을 확인하고는 눈을 떴다. 보란 듯이 그의 왼쪽 옆구리를 치받은 자전거 핸들이 180도로 꺾인 채 그의 복부를 짓누르고 있었다. 오른쪽 광대뼈와 어깨, 그리고 양쪽 무르팍에는 피가 맺혀 따끔거리기는 했지만 견딜 만했다. 그보다는 자전거가 아주 망가져 버린 건 아닌가 싶은 걱정이 들었다. 핸들은 이상이 없었지만 앞바퀴 휠이 굽어 바퀴를 돌리자 양쪽 지지축에 번갈아 가며 닿는 소리가 났다. 취객의 팔자 걸음 같았다. 그나마 메고 가야 할 만큼 심하지 않은 게 다행이었다.

대충 물건들을 추스르고 나자 어째서 이 빌어먹을 놈의 토사가 도로를 가득 메우고 있는 건가 싶어 주위를 살폈다. 그런데 토사가 흘러 내려온 위쪽으로 올라가자 채석장이 눈에 들어왔다. 토사는 여름 홍수에 떠밀려 도로를 덮어버린 것이었다.

도로를 이 지경으로 만들어놓고 복구는 차치하고라도 위험 표지판 하나 세우지 않았나 싶은 분노가 끓어오르던 중에 문득 지나온 작은 언덕에서 언뜻 스쳤던 표지판 생각이 떠올랐다. 그는 욱신거리는 옆구리를 쥐고 언덕 위 표지판을 향해 걸었다. 그런데 그 이정표 앞에 도착해 보니 분명 누군가의 실수이거나 장난인 것 같은 글귀가 씌어 있었다.

## 하늘나라로 이르는 1024번 국도

표지판 앞에 쪼그리고 앉은 그는 채석장 쪽으로 눈길을 돌리며 담배를 꺼내들었다. 여기가 비록 하늘나라는 아닐지라도 방금 어딘가에는 도착했다는 움직일 수 없는 징표라도 되는 듯이 또다시 옆구리가 욱신거리기 시작했다.

# 주식회사 블랙홀

「어디서 왔어?」

「한 200km쯤 떨어진 곳에서요. 여행중이거든요. 그런데 아저씨, 근처에 어디 담배 가게 있습니까?」

「담밴 뭐하려고?」

「뭐하긴요, 피울 거지요」

자전거 안장에 오른쪽 발을 걸쳐놓은 채 그가 말했다.

「요즘도 담배를 피우는 사람들이 있나?」

그는 좀 어리둥절한 눈길로 수위 아저씨를 바라보았다.

「농담하시는 거죠, 아저씨?」

「농담? 미안하지만 담밴 이미 죽었어」

「뭐라구요……?」

「죽었다구」

「……어떻게요? 어떻게 담배가 죽죠?」

　그러자 수위 아저씨는 귀찮다는 듯이 눈살을 찌푸리며 말했다.
「이 학생이 뭘 몰라도 한참 모르는구먼. 여긴 주식회사 블랙홀이야」
「그게 어쨌는데요?」
「사람들이 부지런히 도시로 몰려들어 물건을 만들고, 물건을 만드느라 소비한 연료는 스모그를 만들어 대기를 더럽힌 게 화근이었지. 그 일에 담배도 한 몫 거들었는데 그러다 보니 지구가 너무 더워진 거야. 그래서 정부를 반대하는 민간단체에서 담배의 죽음을 선포했지. 사람들이 뀌는 방귀에 대해서도 자율적으로 제한하기 시작했으니까. 1969년의 일이야. 지구가 지금보단 훨씬 추웠을 때지. 이 곳 주식회사 블랙홀에서도 그 죽음의 선포식을 가졌어. 이젠 너무 오래된 일이라서 기억에도 희미한 걸」
　주식회사라고는 하지만 건물은 초라했고, 자동차 한 대 보이지 않았다.
「1969년이면 제가 태어나던 해인 걸요. 게다가 그해 2월 19일에는 청자 담배가 발매되기 시작했다구요」
「거짓말이야. 그 해엔 아무도 태어나지 않았어」
　수위 아저씨는 조금 격앙된 얼굴로 말을 이었다.
「내가 학생을 데리고 이런 얘길 한다는 게 좀 뭣한데 남자들의 정액에서 정자를 발견할 수 없다는 의사들의 진단이 내려진 게 1966년돈데 어떻게 아이가 태어나겠어?」

그가 얼굴을 찌푸리며 말했다.

「어떻게 그런 일이 벌어질 수가 있어요? 제가 얼마 전에 지나온 동네만 하더라도 아이가 태어났다는 금줄이 쳐져 있는 걸 봤는데요. 정 못 믿으시겠다면 제 주민 등록증을 보여드릴 수도 있어요」

「그건 여전히 세금을 필요로 하는 정부가 발행하는 휴지 조각이야」

「정부에 대해서 항상 그런 식으로 말하나요?」

「학생 진짜 신분이 혹시 기관원 아니야?」

그는 망연히 수위 아저씨를 바라보았다. 그러나 수위 아저씨는 조금도 달라지지 않은 표정으로 다시 입을 열었다.

「이 지구상에 패권주의를 내세우지 않는 정부는 없어. 우리가 정부를 반대하는 건 그 때문이야. 그건 에너지의 흐름을 왜곡시키고 인간 중심의 사고로 지구를 파괴하기 때문이야. 또한 그렇기 때문에 정부는 물건을 만들어 바다를 메우는 한이 있더라도 만들기를 멈추지는 않아. 사람들은 이제 자신의 생의 반은 그것들을 얻기 위해, 나머지 반은 그것들을 유지 보수하는 데 쏟아붓고 있다는 사실을 깨닫기 시작한 거지. 분명히 말하지만 1966년 이후로 지금까지 자연이 필요로 하는 아이는 태어난 적이 없어」

1966년이면 12본입과 20본입 신탄진 담배와, 필터가 없는 막궐련인 새마을이 발매되기 시작했고, 5원을 지불하면 50g짜리 봉지 담배인 수연을 살 수 있던 해였다.

「하지만 지금 이 회사에서도 뭔가를 만들고 있을 거 아니
에요?」

「여긴 만드는 곳이 아니라 분해시키는 곳이야. 1969년 이전
까지 이 회사를 통해 만들어져 나간 모든 제품들은 수거되고
있어. 그것들을 만들어지기 이전의 상태로 되돌려놓는 거지.
지금 학생이 타고 있는 자전거도 블랙홀 회사 제품이면 여기
다 반납해. 자전거는 별다른 공해는 일으키지 않지만 항상 버
릴 때가 문제란 말이야. 처리 비용은 무료니까」

그건 정말이지 야릇하고 우스꽝스러운 제안이었다. 처리
비용은 무료라지만 자전거를 반납하고 나면 집으로 돌아갈 일
이 막막했다.

「반납하고 싶어도 지금은 그럴 수가 없어요, 아저씨」

「우린 강요는 안 해. 정부가 아니니까」

「그러실 테죠. 가봐야겠습니다. 안녕히 계세요」

그가 페달을 밟자 수위 아저씨가 손을 흔들었다. 오전 열
한시가 조금 지나 있었다. 맹맹한 남풍이 목덜미를 훔쳤다.
꼼짝 없이 담배 가게 표지판을 발견할 때까지는 흡연 욕구를
참는 수밖에는 없었다.

# 여름

　이제 남은 여름도 낡은 자전거 타이어 바퀴처럼 얇게 느껴졌다. 어쩌면 톨스토이의 『인생 독본』만큼이나 깊어진 것인지도 몰랐다. 그의 자전거 여행은 그가 처음 출발했던 온양 온천 역사 왼편에 있는 온천 슈퍼마켓의 담배 가게 표지판에 가까워지고 있었다. 그런데도 그 여름 그가 자전거 여행에서 빠뜨린 부분은 한두 가지가 아니었다. 〈매혹〉에서는 비바람 속에 급히 텐트를 꾸려 하천 가를 벗어나는 와중에 아버지가 아끼는 스위스제 다용도 칼을 분실한 일을, 다음날 아침 그가 식사를 준비하기 위해 배낭을 거꾸로 쏟아 물건들을 하나하나 헤집어볼 때까지 잊고 지나친 경우였다.

　서해안 어촌 마을의 능곡 슈퍼마켓 담배 가게 표지판 아래서 뛰어놀던 아이들이 부르던 노래를 기록하는 일도 깜빡 잊고 말았다.

베들레헴에 일곱 명의 아이가 있었는데요.
그 중에 하나 키가 크고요.
나머지는 작대요.
오른손 올려요.
왼발 들어요.


후로 며칠 동안인가 그는 자전거 위에서 그 노래를 부르며 팔다리를 치켜올리곤 했는데도 그 일도 기록하는 것을 잊고 말았다. 가까이 해수욕장이 있는 어느 마을에서 있었던 일이었다.

종종 자신이 담배를 피우고 있다는 사실조차 지각하지 못하는 구레나룻이 무성한 40대 남자는 담배를 입에 물고 또 다른 담배를 피워물려다 깜짝 놀랐고, 자전거 수리점에서 만나 잠시 눈인사를 나누었던 같은 증상의 또 다른 30대 여자는 담배를 물지도 않고 불을 켜 들이대다가 입술을 데었다. 그들은 대개가 술꾼들이었는데, 수양버들 슈퍼마켓 입구에 놓인 파라솔 아래서 만난 남자는 술에 취해 담배를 피워문 채 잠이 들어 코 밑 부위가 검게 타 들어가는 끔찍한 일을 당했다. 그런데도 자신이 지독하게 감각이 무디다거나, 술에 곤드레만드레가 되어 있었다는 것, 어느 하나도 남자는 인정하지 않았다. 또한 술이나 담배 중에 어떤 것도 끊어야 한다고는 생각지 않았다. 그리고 하던 일까지 젖혀두고 순전히 담배 피우는 일에만 몰두하기 위해 하루에 적어도 두 시간 정도는 할애하던 남자 이야기도 빼먹고 말았다. 자신이 삶에서 진정한 평화를 느꼈던 것은 그런 순간들뿐이라고 고백하던 남자의 이야기를 말이다. 담배라면 이젠 정말 입에 담기도 지겹다는 듯이 머리를 설레설레 흔들던 담배 재배 농부와 담배 모자이크 바이러스에 대해서도 적어도 한겨울에 먹는 아이스크림 맛에 견줄 만한 설명을 덧붙였어야 했다.

어머니의 죽음처럼 매일매일 신문 사회면에서 벌어지는 사건이기나 하듯 그저 쓰윽 한번 훑고 지나쳐 버린 부분에 대해서는 금연의 의지에 버금가는 자책을 가져야 한다고 그는 생각했다. 이를테면 죽은 물고기나 사냥꾼의 산탄총에 맞아 우그러든 담배 가게 표지판들, 그리고 태양 슈퍼마켓 커피 자동판매기 앞에서 있었던 폭력에 대해서도 좀더 우스꽝스러운 집착을 보였어야 했다. 아니면 언급조차 말아야 했을 것이다. 질주하는 차들에 의해 으깨어져 죽은 뱀과 개구리들만 해도 그랬다. 지나치는 15톤 트럭의 무지막지한 소음 속으로 자전거가 통째로 빨려들 것만 같던 두려움에 대해서라면 또 모를까, 곧게 내뻗은 생태계의 단절은 입이 열 개라도 할 말이 없는 경우였다.

같은 자전거 여행자로 오다가다 두 번이나 마주쳐 반나절 동안 함께 다닌 적이 있는 얼굴이 갸름한 여자에 대한 기록도 빼먹고 말았다. 그녀는 놀랍도록 섬세하게 담배를 피웠다. 필터가 닿는 손가락과 입술 부위의 감각을 이야기했으며, 가끔은 담배 연기가 자신의 얼굴 피부에 화상을 입히고 있다는 생각에 놀란다고도 했다. 또 담배 연기가 입안을 헹굴 때의 느낌에 대해서 입안을 화장하듯이란 표현을 썼다. 그도 그런 느낌을 가져보기 위해 조심스럽게 몇 대의 담배를 피워보았지만 소용이 없었다. 바로 그 자리에서 이런 여자들은 키스나 애무의 감각을 어떻게 감당해 낼지 의심했어야 하는데도 그의 생각은 미처 거기까지 미치지 못했다. 세상일은 가장 엉망인 것처럼 보일 때조차 제멋대로 되는 법이 없었다. 그는 그런 그녀에게서 형언할 수 없는 어떤 매혹을 발견했는데, 그녀는 신작로 가의 미루나무 아래 석양을 등지고 앉아 담배를 한 대 피우고는 인사도 없이 가버렸다.

부여하면 생기고, 키우면 커지는 게 의미임이 더 명료해지는 여행길이고 보면 108번 국도에 대해, 노변의 가로수와 가로수 잎사귀에 서걱대던 바람에 대해서도 다루어야 했다. 또한 〈하늘나라로 이르는 1024번 국도〉 다음에 〈아버지〉라는 별도의 장을 하나 더 넣어야 했지만 그것도 손을 쓰지 못했다. 자전거 뒷바퀴가 펑크 나기 전까지만 해도 그는 그 얼마전에 아버지와 통화한 내용을 생각해 두고는 있었지만 펑크를 때워 바람을 넣고 다시 자전거에 오른 이후로는 그 일을 까맣게 잊고 말았다. 공중 전화 부스를 나섰을 때 바로 기록해 두지 못한 게 잘못이었다. 여름과 더위에 대해서 얘기했고, 그로서는 기억나지 않는 일이었지만 1979년 7월의 밤에 셋이서 함께 공포 영화를 보고 돌아오던 시내 버스 안에서 아내와 아이를 바라보며 아버지가 느꼈던 두려움에 대한 이야기도 들어 있었다. 극장에서 그가 자꾸만 어머니의 옆구리로 파고드는 바람에 어머니는 의자에 등을 기대지도 못한 채 영화를 보았다고 했다. 어머니에게 사고가 발생한 것은 후로 한 달도 지나지 않아서였다고 아버지는 기억하고 있었다. 파고다와 명승 담배가 7월 31일자로 단종되던 그해 말이다. 그러고는 그의 자전거 여행에 대해서 이야기했다. 두서없는 내용이었다. 그러다 통화를 끝낼 무렵에 이르러 아버지는 갑자기 자신은 지금의 삶의 방식이 편안하다고 말했다. 어떤 새로운 변화도 원치 않으며 가족은 너 하나만으로 만족한다고도 말했다. 그는 묵묵히 듣기만 했다. 그러나 의식은 두 송수화기 사이의 거리만큼이나 먼 세대간의 간극을 더듬고 있었다. 그러다 아버지의 마지막 말을 놓치고 말았는데 그 바람에 그는 불쑥 여행을 마치고 돌아가면 자신이 사귀고 있는 여학생을 집으로 초대해 아버지께 인사시키겠다는 말을 끄집어냈고, 약속까지 하고 말았다. 그 초대에 응해 줄 여학생이 누가 있을지 생각해 보지도 않고 내뱉은 말이었다.

그리고 P시의 시장통에서 막 십자 교차로의 인쪽 모퉁이를 돌아서는 순간 빨갛게 타 들어오는 담배 불꽃처럼 정수리 근처에서 느껴지던 태양에 대한 기록도 놓치고 말았다. 뽀얗게 피어나는 흙먼지와 스멀거리는 아지랑이는 흡사 여름이 피워 올리는 담배 연기 같았다. 그 사이로 양산을 쓴 여자들의 모습이 하늘거리고, 남자들은 그늘을 찾아 담배를 피우며 여름을 닮은 하품 끝에 눈가를 훔치며 쩍쩍 입맛을 다셨다. 슈퍼마켓의 아이스크림 냉장고는 아이들의 발길에 한가할 틈이 없었다. 그 여름은 어느 것 하나 문자를 닮은 구석이라고는 없었다. 그래도 그는 그 짓이 하고 싶었고, 결과는 참담하게도 여기 한반도 산하에, 집과 거리와 사람들의 표정 속에 깃든 여름을 한 올 한 올 뽑아 직조하고 싶다는 생각까지도 결국은 놓치고 말았음을 인정하는 일이 되어버렸다. 굴러가는 두 자전거 바퀴와 함께 그것들도 가버린 것이었다.

# 빨간색 우체통

　그의 자전거 여행은 63번과 74번, 그리고 127번 버스 승강장 한편에 자리한 빨간색 우체통 앞에서 막바지 곤경에 처했다. 거기서 왼쪽으로 난 골목으로 백여 미터쯤 거슬러 올라가면 그의 집 대문이었다. 우체통은 그가 아주 어렸을 적부터 지금의 자리에 있었는데, 그가 아버지와 떨어져 생활하게 된 후로 그의 아버지가 출근 버스에 오르기 전 간밤에 써놓았던 관제 엽서를 집어넣던 우체통이었다.

　독일 제과점과 마주한 빨간색 우체통의 오른편은 화단을 끝으로 이어진 공중 전화 부스들이 늘어서 있었고, 왼편은 플라타너스를 시작으로 회양목이 둘러싼 화단이었다. 승강장에서 그리 멀지 않은 곳에 위치한 시장을 오가는 사람들로 늘 붐비는 그곳으로는 콩나물 시루처럼 들어찬 버스들이 토해 놓은 승객들이 인도로 올라서기 위해 물고기 떼처럼 몰려들었

다. 그런데 파김치가 된 승객들을 당돌하게 가로막아 서는 것
은 바로 그 빨간색 우체통이었다. 개중엔 플라타너스와 공중
전화 부스 사이에 자리한 그 우체통을 어떻게든 해보려고 시
도하는 사람들도 있었다. 우체통 양쪽 틈이라고 해봐야 어린
아이 하나가 빠듯하게 지나칠 수 있는 공간이었는데, 그 공간
이 오히려 사람들의 발길을 쉽게 돌려세우지 못하게 만들기
때문이었다. 그러나 사람들은 마치 험한 꼴은 보이기 싫다는
듯이 몇 번의 시도 끝에 십여 미터 가량 위쪽으로 거슬러 올
라갔다.

　담배 가게 표지판은 독일 제과점 출입문 오른쪽 기둥에 걸
려 있었다. 이번 여행의 마지막 담배를 사기 위해 그가 이곳
으로 들어섰을 때, 마치 그 빨간색 우체통은 당신의 의도가
얼마나 무모한 짓인가를 말하려는 것처럼 당돌하게 가로막고
있었다.

　처음 그는 우체통 왼쪽 틈으로 자전거 앞바퀴를 디밀었다
가 오도 가도 못할 처지가 되어 간신히 위로 들어올려 뒤로
물러서야만 했다. 위쪽으로 돌아갈까도 싶었지만 은근히 부아
가 치밀어 그는 자전거를 들어올려 옆으로 몸을 돌린 채 지나
보려 했다. 그러나 우체통 모서리에 세게 무릎을 부딪치고는
얼굴을 일그러뜨리며 물러섰다.

　이번 자전거 여행 중에 그는 헤아릴 수 없이 많은 내를 건
넜으며, 폭풍우와 황량한 도로들, 벌레들과 갈증, 뙤약볕에
시달렸지만 그 어떤 곤경도 이 빨간색 우체통 같지는 않았었

다. 전혀 색다른, 그러니까 삶아먹고 싶은 분노를 불러일으키는 도전이었다. 한참을 생각한 끝에 자전거를 들어올려 먼저 우체통 너머로 내려놓고 넘어선다면 문제는 간단할 듯싶었다. 생각대로 그는 자전거를 번쩍 들어올려 우체통 앞으로 다가섰다. 그런데 바로 앞 독일 제과점의 대형 유리창을 통해 밖을 내다보며 포크로 찍어든 빵을 입가로 가져가던 꼬마가 그를 향해 손짓을 해보이고 있었다. 마주한 중년 여자를 향해 「엄마, 저 아저씨 좀 봐」라고 말하는 것 같았다. 꼬마의 손길을 따라 시선을 돌린 여자는 조금 놀란 듯이 보였다. 허리를 굽혀 우체통 너머로 자전거를 내려놓으려던 그는 순간 머쓱해졌지만 그렇다고 뒤로 물러선다는 것도 우습다는 생각이 들었다. 그가 머뭇거리는 동안 꼬마가 두 팔을 크게 내두르는 모습이 보였다. 제과점 손님들이 하나, 둘 창가로 모여들었고, 그의 일거수일투족을 주시하기 시작했다. 그들의 시선은 한결같이 「난 당신이 무슨 짓을 하려는 건지 죄다 안다구」라고 말하는 것 같았다. 그는 몹시 난처한 기분이 되어 도로 자전거를 내려놓을 수밖에 없었다. 버스에서 내려선 승객들이 어째서 깨끗이 포기하고 십여 미터 가량을 더 위쪽으로 거슬러 올라가는 길을 택해야 했는지 그는 비로소 그 까닭을 알 수 있었다.

그가 담배를 사기 위해 훨씬 위쪽으로 돌아 제과점 앞에 자전거를 세워놓고 문을 밀고 들어서자 옥수수 식빵의 속살처럼 부드러운 빵 냄새가 확 끼쳐들었다. 제과점 손님들의 시선이 일제히 그를 향해 쏠렸다.

「88…… 라이트 한 갑 주세요」
그가 말했다.

# 잃어버린 그 해 여름

녹색 대문 앞에 이르러 그는 자전거에서 내려 이마에 번진 땀을 훔쳤다. 늘 그 자리에 꾸부정하게 고개를 숙이고 지나치는 문이었지만 오늘 그 문은 왜소하고 낯설기까지 한 반가움으로 놓여 있었다.

대문을 들어서자 현관 베란다에 놓인 화분들은 모두가 떠날 때와는 딴판으로 생기를 머금고 있었다. 무성한 억새 잎사귀를 닮은 자란은 꽃대가 다섯 대나 올라와 꽃대마다 십여 송이 안팎의 꽃을 피우고 있었다. 화분을 둘러보는데 뒤에서 말소리가 들려왔다.

「이게 누구야?」

「저예요」

「난 모르겠는데……, 혹시 집을 잘못 찾은 건 아니슈?」

아버지는 얼굴에 떠오르는 웃음을 지우느라 꼭 당황한 어린아이 같은 표정을 짓고 있었다.
「방금 도착했어요」
「몰라보겠는걸?」
「아주 새까매졌죠? 그런데 어떻게 손보신 거죠?」
「뭘 말이냐?」
「난 말이에요. 설마 화분들을 바꿔치기한 건 아니죠?」
아버지가 그의 어깨에 손을 얹으며 말했다.
「네가 또 여자가 없어서 그렇다느니 할까 봐 신경을 썼다. 너 아주 건강해 보이는 구나」
「하지만 몸무게가 5kg 정도는 빠졌을 거예요」
「뭘 좀 먹어야지. 가만 샤워부터 해야겠구나?」
거실로 들어서자 한 학기가 끝나 집으로 돌아왔을 때처럼 집안은 변한 것 없이 적적했다.
아버지가 부르는 소리에 욕조에 드러누워 있던 그가 눈을 떴다. 머리칼의 물기를 털어내며 목욕탕을 나서자 선풍기는 혼자 돌아가고 있었고, 아주 오래된 실비바르탕의 「시바의 여왕」이란 상송이 아버지 방에서 흘러나오고 있었다. 어머니가 이 거실 바닥을 시바의 여왕처럼 춤을 추며 돌던 때가 있었을까? 아버지는 어린 시절 그가 자리에서 일어나 잠옷 바람으로 주방 문턱에 서서 식탁을 차리는 모습을 지켜볼 때처럼 꾸부정한 어깨로 조리대 앞에 서 계셨다. 문이란 문은 모두 열어놓았어도 한낮의 여름은 찌는 듯했다.
그는 29일 동안 모두 다섯 번 펑크를 냈고, 혼자만의 수리

로는 불가능한 고장으로 자전거 수리점을 찾아 7Km를 걸어야
했던 적도 있었다. 그래도 그는 오래 전에 주인이 떠난 빈집
대문 가에 붙어 있는 표지판들이나 외딴 숲 속 길 옆 도랑 가
에서도 담배 가게 표지판들은 발견했다. 자전거에서 내려선
그는 담배를 피워물며 〈담배〉라는 글자를 확인하고는 발견 위
치와 몇 번째 것인지를 지도와 수첩에 각각 기입해 넣었다.
돌멩이에 맞아 우그러든 것에서부터 동네 조무래기들의 낙서
장처럼 되어 버린 것들도 있었고, 전봇대에 매달아놓은 것들
은 위험천만하게도 지나는 사냥꾼들의 표적지가 되기도 했다.
탄환은 바로 도로변에 세워진 사냥꾼들의 지프 뒷좌석에서 날
아와 표지판을 뚫고 지나갔을 것이었다. 그 표지판들은 바람
이 불면 탄환이 나는 소리를 내며 울었다. 햇볕에 변색되고
설치할 때 억지로 가한 힘으로 반편이 꺾인 것들도 있었다.
어떤 것들은 녹이 슬어 모음은 떨어져 나가고 자음만 남은 글
자들도 있었다. 여행의 길잡이들은 한결같이 그런 모양들을
하고 있었다. 그는 지도와 수첩을 챙겨넣고는 잡풀들로 무성
한 비좁은 마을 외곽 길들을 따라 또 다른 마을로 접어들곤
했다. 매번 담배 가게 표지판들은 동네 입구나 버스 승강장이
있는 구멍 가게 옆에서 그를 맞아주었다. 그때마다 그는 그
놈들에게 달려들어 키스라도 해주고 싶었다. 그는 모두 978개
의 담배 가게 표지판들을 확인하고 기록했다. 그건 22개가 모
자라는 1000개였다.
　그러나 언급할 만한 일이라면 이제 사람들에게 담배 가게

표지판들은 거기서 담배를 팔고 있다는 사실 이외에는 더 이상 어떠한 감흥도 불러일으키지 못한다는 점이었다. 표지판들은 그가 학교에서 집으로, 집에서 학교로 오가는 거리 거리마다 위치한 이정표처럼 그를 인도하곤 했지만 이제 담배는 임신부와 청소년의 건강에 특히 해롭다는 경고 문구에서 볼 수 있듯이 위험 표지판이나 마찬가지였다. 어떻게 이정표가 폐암 경고 문구로 바뀌었을까……? 그 사이엔 십 년이 넘는 세월이 흘렀고, 지표면은 파헤쳐지고 새로운 신경망들이 놓였다. 마치 지구가 수술대 위에서 악취가 나는 하수구로 버려지기까지 진행된 건망증이기나 하듯 파헤친 땅 위로 우뚝 솟아오른 건물들은 당연히 그래야 될 것이 그렇게 솟은 것처럼 보였다. 또한 하늘은 한번도 턴 적이 없는 지우개로 문댄 흑판처럼 되어버렸다. 그리하여 더 이상 어떤 반짝임들로부터도 별의 냄새를 맡는다는 것은 이미 불가능한 일이 되어버렸다. 그리고 그는 아이에서 청년이 되어 있었다. 그 모든 화학적 반응들을 그가 이해할 수 있기에 십 년은 너무 짧은 기간 같았고, 설령 그가 무언가를 이해했다 하더라도 본질적인 그 무엇은 여전히 남아 있었다. 거기 그렇게 담배 가게 표지판이 붙어 있는 것처럼…….

늦은 점심을 먹고 방으로 들어선 그는 책상 위에 지도책을 펼쳐놓고 여행 기간 동안 자신이 지나온 길들을 모두 점검해 나가기 시작했다. 그것은 왕복 753.21Km에 달하는 길의 발굴 작업이었고, 그중 78.2Km는 분실했음을 확인했다. 길은 잡초가 얽어맨 흙덩이나, 돌과 바람 사이에, 흐르는 물과 나뭇가지에 걸려 찾아내지 않으면 그만인 채로 놓여 있었다. 그는 잃어버린 길 중에 고작 3.14159Km만을, 그 우주적인 숫자만을 카메라 렌즈로 잡아 자신의 방 벽에 걸어두었을 뿐, 나머지 길들은 감쪽같이 잃어버리고 말았다. 그것들은 모두 한여름의 햇살을 견뎌내지 못하고 증발되어 버렸거나 닳고닳아, 그것도 아니면 한번 발길이 닿지도 않은 상태로 그것들이 처음 만들어지던 역순으로 조금씩 조금씩 지상에서 사라져 갔다. 그러나 오늘도 수많은 길들은 앞다퉈 나무의 허리를 꺾고, 풀을 짓밟고, 지표면을 약속으로 얽어맸던 뿌리들에 돌이킬 수 없는 상처를 남기며 고전 물리학 차원을 내달았다. 많은 길들은 오늘도 쉼 없이 무성한 물질 문명을 실어나르는 컨베이어 벨트처럼, 그 문명이 걸어온 자취처럼, 길은 길이 되어버림으로써 사람의 자취를 거두어 가버렸다. 어쩌다 국공립 공원의 길들처럼 코흐 곡선이나 프랙탈 차원을 흉내낸 것도 있었지만 고작해야 그것들은 한 송이 꽃만도 못한 것이었다.

과연 오늘도 어느 숲엔가는 노란 두 갈래 길이 열려 있을 것인가. 고속도로도 기찻길도 아닌, 그 옛날 담배 가게 표지판들을 따라 한 소년의 시선을 앞질러 가로놓인, 마르셀이 〈스왕네 집 쪽으로〉 향해 가던, 우리 생의 알 수 없는 미로까지 닿아 있는 그런 길들이 지금도 놓여 있을까.

그는 자전거를 모두 분해해 창고 속에 넣어두었다. 그래야만 자전거가 편히 쉴 수 있을 거라는 생각에서였다.

【해설】

# 지도 위의 겨우 존재하는 이야기들

## 이광호(문학평론가)

당신이 만약 어린 시절 길을 잃어본 적이 있다면, 길이라는 것이 얼마나 무섭고 기만적인 것인가를 알 것이다. 난마처럼 얽힌 길들이 길이 아니라 벽처럼 느껴질 때, 우리는 이미 헤어나올 수 없는 미로에 갇힌 것이다. 길은 길이면서 우리가 가야 할 곳에 대해 아무것도 가르쳐주지 않는다. 그래서 세상의 길들은 우리가 찾는 그런 길이 결코 아니다. 길은 순수의 대지를 칼로 그어대는 문명의 폭력 같은 것이다. 그래서 그 길들은 정작 삶에 대해 아무것도 알려주지 않으면서도 이 길로 가야 한다고 근엄하게 말하곤 하는 것이다. 그런 경우 우리는 그 길가에 있는 사소한 표지에도 예민해질 수밖에 없다. 그 표지들을 통해 간신히 우리는 길이 어디를 향하고 있는가를 짐작할 수 있으며, 길과 길의 관계에 대해 파악할 수 있다. 그 표지들이 없다면 우리는 아주 작은 지도조차 그릴 수 없다. 따라서 한 소설가에게 그 사소한 표지가 〈담배 가게 표지판〉이었다고 해도 그것은 전혀 이상한 이야기가 아니다. 그에게 〈담배 가게 표지판〉은 여기에서 담배를 팔고 있다는 것을 알려주는 단순한 광고판이 아니라 한 인간의 실존적 지도 위에 있는 신비한 이정표이다. 그것들은 〈마치 어떤 미지의 세계로 들나들 수 있는 열쇠처럼 거기 매달려〉 있다. 〈미지의 세계로 끌어들이는 수없는 많은 작은 문〉처럼. 한 젊은 작가는 그 이정표들을 지도에 그리는 것처럼 소설을 쓴다.

이 소설에 등장하는 한 젊은이는 〈대학 생활의 두번째 여름 방학〉을 맞이하여 〈한 달 동안 자전거를 타고 온양 온천 역사 옆 슈퍼마켓 앞을 출발해 남서쪽 지방으로 이르는 자그마한 마을들을 훑는 여행 계획〉을 세운다. 〈보름 동안은 아래로 아래로, 나머지 보름은 다시 거슬러오는〉 이 여행은 〈어린 시절 집으로 향하던 길에 이정표가 돼주었던, 도로변 가게 출입구에 먼지를 뒤집어쓴 담배 가게 표지판들을 찾아 여행 지도를 만드는 일〉이다. 〈꿈이란 파고들수록 멀리멀리 달아나는 도깨비불 같은 것〉이고, 〈자신이 무엇이 되고 싶다고 생각했을 때 그것은 이미 따분한 그 무엇들이 아니면 막막한 그 무엇들로 변해 있었다〉라고 생각할 만큼 이 젊은이는 조숙하고 조로하다. 그는 무의미와 공허로 가득 찬 삶의 어두운 비밀을 알아차린 젊은이이다. 이 젊은이에게 〈어린 시절 집과 학교를 오가는 길에 이정표가 돼주었던 담배 가게 표지판들을 어떤 식으로 정리할 때가 온 거라는 생각〉은 자신의 실존적 지도를 그리겠다는 욕망으로 이해될 수 있다.

　그 여행은 단순한 공간 이동만이 아니라 기억의 지도 위로 떠나는 시간 여행이라는 의미를 동시에 갖는다. 이 소설에서 가령 「헤밍위이를 읽을 시간은 모두 어디로 사라졌을까?」나 「카스트로-쿠바-시거-타악기」 같은 장은 여행기가 아니라 그의 학창 시절에 있었던 한 삽화이다. 그래서 만약 독자가 이 소설에서 단일한 서사의 구조가 있는 여행기를 읽기를 기대한다면, 그 기대는 여지없이 배반당할 것이다. 독자들은 이 소설의 독특한 형식에 당황할지도 모른다. 이 소설은 크게 보면 여행기의 성격을 갖지만, 그것은 목적지가 있고 그 목적지로 나아가는 과정에서 시간의 인과적 질서가 드러나는 그러한 여행기가 아니다. 이 소설에는 시간 질서에 따라 경험을 유기적으로 배열하는 큰 줄기의 서사가 구성되어 있지 않다. 이 소설은 장편으로서 갖추고 있어야 할 서사 구조가 완결되어 있지 않은 것이다. 그래서 장편으로서 이 소설이 갖는 구성력은 매우 느슨하며, 서사 구조의 통일성은 해체되어 있다.

　이 소설 안의 짧은 이야기들은 지도 위에 그려진 담배 가게 표지판처럼 삶의 한 사소한 지점에 대한 간단한 소묘일 뿐이다. 그 낱낱의 작은 이야기들은 이 젊은이의 여행기에 포함될 수 있는 것도 있지만, 작은 이야기들 속의 각각의 장면과 사건들이 시간적 인과성에 의해 구속받는 것은 아니다. 이 소설은 그야말로 실존적 지도를 그리는 작업이기 때문에, 그 지도 위에 있는 각각의 좌표들은 시간적인 질서에 의해 자리 매김되기보다는 차라리 공간화되어 있다. 뿐만 아니라 그 속에는 한 젊은이의 자전거 여행기에 포함될 수 없는 이야기들도 포함되어 있다. 다른 인물, 다른 시점, 다른 문체가 등장하는 작은 이야기들이 흩뿌려져 있는 것이다. 이 소설에서 〈길의 플롯〉은 완성되지 않은 채 열려 있다.

특히 우리의 주목을 요하는 것은 이 소설의 서술적 주체가 갖는 독특한 성격이다. 이 소설에는 단일하고 동일한 의미의 서술적 주체가 존재하지 않는다. 여행기라는 형식은 단지 외피에 불과하며, 소설은 한 여행자의 시선만으로 진행되지 않는다. 이것은 단지 시점의 변화만을 의미하는 것은 아니다. 이 소설의 서술 주체는 실존적 동일성을 강하게 주장하지 않으며, 어떤 경우는 사물화되어 있다. 다시 말하면 이 소설의 주체는 여행을 하는 한 젊은이가 아니라 담배 가게 표지판 자체일 수도 있다. 극도의 묘사적인 문체가 나타나는 경우 담배 가게 표지판이 소설의 주체가 되어 있다. 한 작가의 분신인 서술 주체가 사회와 역사를 말하는 것이 아니라 일상의 소품 자체가 스스로를 드러내는 이러한 형식은 대단히 문제적이다.

그렇다면 이런 형식을 어떻게 불러야 할까? 여행기 형식과 장편(掌篇) 형식, 연작 형식이 교묘하게 어울린 이런 형식을. 이 소설은 장편 소설로 부르기도 어렵지만 낱낱의 이야기의 완성도와 서사적 완결성을 갖춘 연작 소설로 보기도 힘들다. 또 전혀 연관성이 없는 매우 짧은 이야기를 모은 장편(掌篇) 또는 엽편(葉篇) 소설집이라고 보기에는 주제의 연관성이 존재한다. 이런 독특한 소설적 형식이 얼마만큼 성공했는지는 단언할 수 없다. 어쩌면 이 작품은 장편(長篇)으로서도 부족하고 장편(掌篇)으로서도 미달되는 것이라는 평가를 받을지도 모른다. 하지만 그런 평가를 인정한다고 하더라도 이 작품의 형식이 갖는 문제적 성격을 지나쳐서는 안 된다.

왜냐하면 이 작품이 보여주는 형식적 불안정성과 동요는 소설이 열린 장르라는 가정에서 가능한 새로운 소설적 상상력의 일부라고 볼 수 있으며, 여기에는 우리 소설사의 현재 상황에 대응하는 의미 있는 모색이 포함되어 있기 때문이다. 그 상황이란 장편적인 구조를 이루어낼 역사적 전망이 불투명하며 자전적인 개인사나 여행기라는 형식만으로 시대의 뒤켠을 더듬거릴 수밖에 없는 상태를 말한다. 이 소설에서 작가는 한 시대의 거대한 지형도를 그려내겠다는 야심을 포기한다. 동시에 그는 자신의 자전(自傳)으로 역사의 그늘을 재구성하겠다는 종래의 서사적 노력과도 거리를 둔다. 그는 오히려 여행중의 짧막한 인상기나 담배에 얽힌 개인들의 사소한 역사를, 그리고 담배 가게 표지판의 시선이 본 일상을 간명하게 그려내려 한다. 너무나 사소한 역사, 고작 담배의 역사, 그러니까 지도 위의 겨우 존재하는 이야기를……. 그런데 왜 하필 담배의 이야기를?

담배는 가장 일상적인 소품의 하나이다. 가령 주인공이 아버지의 심부름으로 35원짜리 아리랑 담배를 성 할아버지네 가게에서 사오는 길에는 아이들의 놀이터인 골목이 있었고 〈정말이지 그 골목은 쉬어 넘지 않으면 안 될 아리랑 고개 같

은 곳이었다. 〉 그러나 그 후 그 〈아리랑 고개〉는 어떻게 되었
는가?

　그러나 2년 뒤인 1974년부터는 아버지의 경기가 갑자기 나빠졌
다. 아버지는 늘 그게 두자릿수로 뛰는 인플레 때문이라고 말했
다. 실제로 그 해 4월에는 35원 하던 아리랑 담배가 100원으로 뛰
었으므로 아버지가 피우는 담배는 50원짜리 파고다로 바뀌었다.
파고다를 사나르기 시작하면서부터는 그의 심부름 시간도 5분을
넘지 않았다. 계절이 바뀌어 건설 경기 붐이 일면서 아이들의 놀
이 장소도 바뀌었기 때문이다. 그것은 치마저고리를 입고 장구를
치는 여인에서 원각사지 10층 석탑을 사나르는 일로 바뀐 것이었
고, 어찌 보면 아리랑 고개를 넘는 일에서 파고다 공원을 맴도는
일로 바뀐 것 같기도 했다. 자고 일어나면 물가가 오르듯이 새로
운 건물이 들어서는 것을 성 할아버지네 가게는 끝내 견뎌내지
못했다. 파리 새끼 하나 날리지 않는 진열대를 갖춘 현대식 상점
들이 성 할아버지네 가게 건너편과 이웃으로 즐비하게 늘어섰기
때문이었다. ──「아리랑 담배 사오기」에서

　여기서 사소한 담배의 역사란 삶의 변천에 대한 한 인상적
인 축약도가 되어준다. 그래서 담배에 얽힌 자질구레한 곡절
들을 그리는 것은 시간의 폭력 앞에서 허물어져 내리는 존재
들에 대한 연민어린 시선에 의해 가능하다.

나는 끊임없이 담배를 피워왔으며, 내 인생에 최고의 가치 있는 순간들은 어김없이 담배를 물고 있었다. 내가 대학생이었던 당시 대일 청구권 협상에 반대하는 데모에 참가하기 위해 나는 12본입 엽궐련을 다섯 갑이나 준비했다. 6·3사태가 일어났던 해에는 무려 428갑의 필터가 없는 막궐련 담배인 새마을을 피웠으며, 신혼 여행길에는 아내가 준비한 10본들이 희망 담배 피우기를 잊지 않았다. (중략) 담배는 내 삶의 동반자였으며, 그것이 때로는 잘못된 식생활이나 수면처럼 몸의 균형을 파괴하는 것이었을지라도 인류가 어떤 형태로든 〈진보〉라고 말해 온 상황들 속에 자리한 파괴라는 이면이었다. 또한 그것은 신체적, 정서적, 정신적 리듬이 깨지는 어느 순간 마치 질병이 가져다주는 고통처럼 우리의 정신을 벼랑 끝으로 몰고 가는 하나의 거대한 에너지이기도 했다. 담배 연기가 내 폐 속으로 밀려드는 순간 나는 그 속에 가미된 니코틴과 타르가 지닌 막대한 양의 에너지를 느껴왔다. 나는 늘 그것과 함께하려고 노력했다. 그 벼랑 끝에 인류의 정신사를 이끌어온 생장점이 있음을 믿어 의심치 않았기 때문이다.
——「금연 구역 확대 설치에 즈음한 애연가 P씨의 몇 가지 유감」에서

더 나아가 이 소설 속에 등장하는 한 애연가는 담배란 〈정신을 벼랑 끝으로 몰고 가는 거대한 에너지〉라고 말하고 있는 것이다. 이때 담배는 단순한 기호품이 아니라 삶의 중요한 순간들을 함께했던 소중한 존재이며, 그 삶을 밀고 나가게 만드

는 어떤 힘이다. 그러니 어떻게 담배의 사소한 역사는 한 실
존의 내밀한 역사가 아닐 수 있겠는가. 어떻게 담배와 매혹을
떼어놓을 수 있겠는가.

　　하지만 매혹이란 그런 것이다, 라고 말할 수 있는 당신이라면
그것이 담배와 사촌지간임을 인정할 것이다. 이유는 간단하다.
매혹과 담배를 따로 분리해 생각할 수가 없기 때문이다. 그러니
당신 주머니에 늘 담뱃갑이 들어 있다면 안심이다. 하지만 매혹
이 찾아들었을 때 당신이 담배를 피우고 싶어할지 어떨지는 아무
도 모를 것이다. 매혹이란 그런 것이다. ──「매혹」에서

　위의 문장에서도 드러나는 바대로 이 소설에서 빛을 발하
는 것은 작가 특유의 자연스럽고 절제된 묘사 또는 시치미떼
는 문체이다. 이 문체는 앞에서 말한 이 소설의 서술적 주체
가 갖는 특성에서 연유한다. 이 소설 속의 이야기들이 이토록
짧은 이유 중의 하나도 이러한 문체의 특성과 연관된다. 이
소설에서 「온양 온천역」 같은 장은 거의 묘사로만 이루어져
있고 묘사적 시선의 움직임만 있을 뿐 주인공의 행위는 거의
나타나지 않는다. 그리고 그 절제된 묘사가 에세이적 문체와
결합하고 있는 「막간」 같은 장은 인상적이다.

　　지금 이 순간, 햇빛이 나고 비가 뿌리는 그런 시각이라면 당신
은 샛별 비디오점 근처 어딘가에 서 있어야 한다. 물론 당신은

206

근처에 샛별 비디오점이 있다는 것을 눈치채지 못했을 수도 있
다. 그건 내가 상관할 바 아니다. 하지만 당신 눈앞에 샛별 비디
오점이 보인다면 잠시 멈춰 담배를 피워물어야 한다. 그곳은 비
디오점 옆 한일 슈퍼마켓 차양막 밑의 담배 가게 표지판 아래일
수도 있고, 작은 교차로 맞은편 공터를 차지한 포장 마차 안일
수도 있다. (중략) 거기 어느 곳에선가 고개를 들어 우산을 쓰지
않아도 좋을 만큼 흩날리는 빗줄기를 바라보는 사람이 바로 당신
이다. 당신 얼굴은 약간 일그러져 있는데, 새로 들어서는 오 층
짜리 건물의 비계가 어지른 하늘 때문이 아니라 태양을 마주볼
수 없는 곤혹스러움 때문이다. 그러나 상기해야 할 것은 그가 바
로 당신이라는 점이 아니라, 그가 누구든 담배를 빼무는 일을 잊
어서는 안 된다는 점이다. 왜냐하면 그때 바로 그 자리가 바로
당신 생의 막간이기 때문이다. ——「막간」에서


이 진술에서 눈치챌 수 있는 것처럼 이 소설 속의 무수한
삽화들은 생의 〈막간〉들이 지나치는 순간이라고 할 수 있다.
그것은 막간이기 때문에 그 안에서 어떤 중요한 사건이나 생
의 역사가 진행되는 일은 드물다. 막간은 단지 담배를 피워무
는 것과도 같은 어떤 정지와 휴식의 순간을 제공한다. 그러나
그 순간은 본 막(幕)인 삶을 돌아보게 만드는 성찰의 자리이
다. 또한 그것은 길에 대한 반성적 인식의 시간이기도 하다.
길에 대한 반성적 인식이라는 문맥에서 흥미롭게 읽히는 것은
「새말 역사에서 만난 사람들」이라는 삽화이다. 이 삽화는 여

행 소설적인 형식이 선명하다. 여기서 그는 길 아닌 곳을 찾아다니는 한 남자를 만나게 된다.

그가 모든 종류의 길에 흥미를 잃어버린 것은 박물학에 관심을 기울이기 시작하면서부터였다. 그의 관심거리는 길 아닌 곳에서 자라나고 있었고, 그에게 제대로 된 꽃잎이나 풀포기 하나 보여주지 않았기 때문이었다. 게다가 우리 국토 중에 길이 차지하는 비중이라고 해봤자 남자들의 수염 중에 하나를 뽑아든 것에 지나지 않을 것이라는 생각이었다. 그에 비하면 자연은 그의 식물 도감을 도배하고도 남을 만큼 그 자체가 무궁무진한 원천이었다. (중략) 그는 무궁화가 일제의 손에 당한 수난의 역사를 떠올리며 인간이 만들어내고 이름붙인 〈길〉들에 대해, 길의 개발에 뒤쳐진 민족이 겪어야 했던 고난에 대해, 그 아이러니에 대해 서둘러 깊게 빨아들인 담배 연기를 끼얹으며 말했다. ——「새말 역사에서 만난 사람들」에서

길의 아이러니 또는 길의 역사의 아이러니에 대한 성찰은 인간과 문명의 아이러니에 대한 인식으로도 이해할 수 있다. 그것은 길의 개발이라는 명분 밑에서 훼손된 것, 사라져버린 것들에 대한 관심과도 관련된다. 인간의 근대화가 길의 개발로만 가능한 것이라 하더라도 자연의 무궁함에 비한다면 길의 매력이란 하찮은 것이다. 가령 「냉장고는 죽었는가」라는 장을 보자.

　그 냉장고에 대해 그가 해줄 수 있는 일이라고는 잠시 자전거를 멈추고 바라보는 일뿐이었다. 이제 갈증은 참을 만큼 참았다는 듯이 폭염에 잎사귀를 늘어뜨린 호박 덩굴은 냉동실 문 손잡이를 감고 내려와 문짝이 떨어져 나간 냉장실에 똬리를 틀어 연푸른 살집을 드러낸 다 자란 무등산 수박만한 호박을 매달고 있었다. 176리터짜리 밭둑에 선 냉장고였다. (중략) 그는 한때 그 냉장고 문을 여닫던 손들도 어쩔 수 없는 시간의 다그침에 의해 버려질 날들을 떠올리며 페달을 밟았다. 거의 완벽에 가까운 타르와 니코틴 제거 효과를 자랑하는 삼중 탄소 필터를 들고 있던 손들도 버려질 것이었다. 그런 날이 다가온다는 것은 어쩔 수 없는 일이라 해도 이제 세상은 바야흐로 버리기 전에 버릴 장소를 마련해 두는 일이 무엇보다도 더 중요한 일이 되어버렸다. ──「냉장고는 죽었는가」에서

　자전거 여행중에 본 밭에 버려진 냉장고는 주인공에게 각별한 상념을 불러일으킨다. 냉장고의 죽음 뒤에는 이 집 냉장고의 사소한 역사가 숨어 있다. 냉장고 안에서 자라는 호박의 기괴한 모습은 환경 문제의 대한 우리들의 관심을 환기시키는 것이기도 할 것이다. 그러나 그에게 그것은 모든 사라져갈 존재들에 대한 성찰로 이어진다. 그 성찰은 물론 인간과 문명의 운명에 관한 것이다. 또 다른 삽화인 「주식회사 블랙홀」에는 물건을 분해시키는 가상 회사가 나오기도 한다. 이러한 성찰과 상상력은 길에 관한 자의식을 품은 여행자만이 가능한 것

이다.

　다시 한번 말하면 이 소설에서 여행은 시간의 인과적 질서가 무너진 여행이다. 이런 의미에서 그것은 밝혀지지 않는 사실이나 삶의 목표를 찾아가는 여행이 아니다. 그러한 여행은 새로운 세계의 발견과 이성의 각성을 이끌고 그것은 좀더 진보된 삶의 계기가 될 수 있다. 하지만 「담배 가게 표지판」을 찾아나서는 여행이란 무엇인가? 그것은 주어진 목적지가 있는 여행이 아니다. 그러므로 여행자는 목표 지점을 향해 직선으로 움직이지 않는다. 이때 길의 선택과 길 위에서 일어날 수 있는 사건들은 전혀 우연에 맡겨진다. 지도를 그리는 것은 길에 대한 무수한 우연적인 선택의 결과이다.

　이 소설의 마지막 장에서 젊은이는 집으로 돌아온다. 그는 〈모두 978개의 담배 가게 표지판들을 확인하고 기록했다.〉 하지만 그 기록이 그에게 무슨 의미가 있단 말인가?

　그러나 언급할 만한 일이라면 이제 사람들에게 담배 가게 표지판들을 거기서 담배를 팔고 있다는 사실 이외에는 더 이상 어떤 감흥도 불러일으키지 못한다는 점이었다. 표지판들은 그가 학교에서 집으로, 집에서 학교로 오가는 거리 거리마다 위치한 이정표처럼 그를 인도하곤 했지만 이제 담배는 임신부와 청소년의 건강에 특히 해롭다는 경고 문구에서 볼 수 있듯이 위험 표지판이나 마찬가지였다. 어떻게 이정표가 폐암 경고 문구로 바뀌었을까……? 그 사이에 십 년이 넘는 세월이 흘렀고, 지표면이 파헤쳐지고 새로운 신경망들이 놓였다. 마치 지구가 수술대 위에서 악취가 나는 하수구로 버려지기까지 진행된 건망증이기나 하듯 파헤친 땅 위로 우뚝 솟은 건물들은 당연히 그래야 될 것이 그렇게 솟은 것처럼 보였다. 또한 하늘은 한번도 턴 적이 없는 지우개로 문댄 흑판처럼 되어버렸다. 그리하여 더 이상 어떤 반짝임들로부터도 별의 냄새를 맡는다는 것은 이미 불가능한 일이 되어버렸다. 그리고 그는 아이에서 청년이 되어 있었다. 그 모든 화학적 반응들을 그가 이해할 수 있기에 십 년은 너무 짧은 기간 같았고, 설령 그가 무언가를 이해했다 하더라도 본질적인 그 무엇은 여전히 남아 있었다. 거기 그렇게 담배 가게 표지판이 붙어 있는 것처럼……. ──「잃어버린 그 해 여름」에서

이러한 진술들은 주인공의 여행이 일종의 환멸 경험이었다는 것을 말해 준다. 길과 담배 가게 표지판의 신비는 더 이상 그의 것이 아니었다. 〈이정표가 폐암 경고 문구〉 바뀐 곳에서 이 여행은 마감된다. 그가 여행에서 본 것은 문명이라는 이름의 쓰레기와 폭력이다. 더 이상의 매혹도 반짝임도 사라져버렸다는 것을 알아버린 그 여행을 통해 그는 〈아이에서 청년이〉 된다. 그러니까 그에게 이 자전거 여행은 성장을 위한 통과의례 같은 것이다. 아마도 어떤 독자는 이 소설을 한 영혼의 성장 기록으로 읽을지도 모른다. 하지만 그 성장이란 환멸을 대가로 치르지 않으면 안 되는 성장이다. 성장을 위한 통과의례로서 하는 여행이란 삶의 완전성에 도달하는 여행이 아니

라 환멸에 가닿는 여행이다. 거기에는 더 높이 승화된 세계가 있는 것이 아니라 삶의 신비와 매혹이 사라져버린 시간에 대한 확인이 있다. 그러나 담배 가게 표지판은 여전히 길가에 붙어 있고 〈본질적인 그 무엇은 여전히 남아 있다.〉

그것들은 모두 한여름의 햇살을 견뎌내지 못하고 증발되어 버렸거나 닳고닳아, 그것도 아니면 한번 발길이 닿지도 않은 상태로 그것들이 처음 만들어지던 역순으로 조금씩 조금씩 지상에서 사라져 갔다. 그러나 오늘도 수많은 길들은 앞다퉈 나무의 허리를 꺾고, 풀을 짓밟고, 지표면을 약속으로 얽어맸던 뿌리들에 돌이킬 수 없는 상처를 남기며 고전 물리학 차원을 내달았다. 많은 길들은 오늘도 쉼 없이 무성한 물질 문명을 실어나르는 컨베이어 벨트처럼, 그 문명이 걸어온 자취처럼, 길은 길이 되어버림으로써 사람들의 자취를 거두어 가버렸다. 어쩌다 국공립 공원의 길들처럼 코흐 곡선이나 프랙탈 차원을 흉내낸 것도 있었지만 고작 해야 그것들은 한 송이 꽃만도 못한 것이었다.

과연 오늘도 어느 숲엔가는 노란 두 갈래 길이 열려 있을 것인가. 고속도로도 기찻길도 아닌, 그 엣날 담배 가게 표지판들을 따라 한 소년의 시선을 앞질러 가로놓인, 마르셀이 〈스왕네 집 쪽으로〉 향해 가던, 우리 생의 알 수 없는 미로까지 닿아 있는 그런 길들이 지금도 놓여 있을까. ——「잃어버린 그 해 여름」에서

여행을 통해 그는 길을 발굴했을 뿐만 아니라 길을 분실했

다. 길의 신비는 사라져갔으며, 고작 〈컨베이어 벨트〉 같은 길들은 〈한 송이 꽃만도 못한〉 것이 되었다. 그러니 세상의 길들이란 얼마나 기만적인 것인가. 소설은 길이 〈소통이 아니라 단절의 이미지〉임을 쏩쓸하게 환기시켜 준다. 그러나 마침표와 만나는 여행이란 없다. 여행은 길을 찾아서, 길을 비껴서, 길을 가로지르며, 길을 넘어서, 때로 길을 지우며 계속된다. 그 모든 환멸에도 불구하고 가보지 못한 길의 신비는 아직 설명할 수 없는 매혹으로 남아 있다. 그래서 우리는 이 소설에서 길의 끝이 아니라 어떤 길의 열림을 볼 수 있는 것일까? 부재로서 반짝이는 것들을 향해 조금씩 나아가는…….

　　그는 다시금 반짝이는 것들을 향해 나아가기 시작했다. 매번 그러했듯이 이번의 반짝임들 또한 바스러진 꿈을 확인하는 일에 지나지 않을 것임을 그는 알고 있었다. 그러나 이런 행위마저 포기한다면, 그것은 담배 가게 표지판들을 끝내 이정표로만 보아넘기는 성장의 정지 상태나 다름없었고, 어머니의 죽음을 인정하지 못하는 일이 되어버렸을 것이었다. (중략) 다시 자전거에 올라서도 그는 이번의 반짝임들도 쓰레기 더미에 지나지 않았지만 실망하지 않았다. 가끔씩 뒤쪽을 흘끔거리며 세상에는 여전히 반짝임으로 사람들의 시선을 사로잡을 만한 그 무엇들이 놓여 있어야만 한다고 그는 생각했다. 본질적인 것은 여전히 거짓과 낙담과 유사한 변종과 더불어 자라난다는 것을 믿어 의심치 않았기 때문이다. ──「반짝이는 것들」에서

# 작가의 말

　이념의 퇴조는 일상에서 흔히 대하는 기호들의 발아를 증폭시킨다. 담배 가게 표지판도 그 범주에 들 것인데, 어린 시절 내게 그것들은 이 세상 배면의 질서를 상징적으로 드러내 주는 기호였다. 잦은 이사에도 담배 가게 표지판들은 여전히 동네 슈퍼마켓이나 학교 앞 문방구점에서도 볼 수 있었기 때문이다. 그런 기호를 읽어나가다 보면 마침내, 목숨을 부지하기 위해 천하루 밤이나 이야기를 이어나가는 동안 왕의 씨앗을 잉태한 세헤라자드의 보름달만하게 부푼 배가 되지는 않을까, 하는 기대 속에 이 소설은 완성되었다. 어떤 자식이 태어났는지는 내 몫도 아닐 뿐더러 소설의 몫도 아닐 것이다. 하지만 이제 왕의 노여움은 사랑으로 바뀌고, 나는 이곳에 담배 가게 표지판을 단다.

1996년 4월
박경철

**박경철**

1963년 충남 아산 출생으로
경기대 전자계산학과를 졸업했으며
1994년 ≪세계의 문학≫에 「매향」을 발표하며 등단,
1994년 〈오늘의 소설〉에 선정되어 주목받음
작품으로 『염소를 위하여』(1995)가 있음



## 헤밍웨이 읽을 시간은 어디로 사라졌을까

1판 1쇄 찍음 —— 1996년 4월 15일
1판 1쇄 펴냄 —— 1996년 4월 20일

글쓴이 —— 박경철
펴낸이 —— 박맹호
펴낸곳 —— (주)민음사

출판 등록 1991. 12. 20. 제16-490호
서울 강남구 신사동 506번지
강남 출판문화센터 5층 (우)135-120
대표전화 515-2000, 팩시밀리 515-2007

값 6,000원